講談社文庫

嫌な奴

木《この》原《はら》音《なり》瀬《せ》

講談社

目次

嫌な奴

わがままな友人

柳瀬《やなせ》の駅から私鉄に乗り換えた。私鉄と言えば聞こえはいいが、日に数本、数えるほどしか電車の走らない超ローカル線だ。そのうちの一本をつかまえて杉本和也《すぎもとかずや》は青い車両に乗り込んだ。

電車は各駅に停まってゆく。二つ前の駅で乗客が一人降りてから、列車の中で人の動く気配はない。乗客は斜め向かいに座った初老の婦人と自分だけ。無人の駅で、列車だけが律儀《りちぎ》に足を止めてゆく。さっき見た時から針は十分も進んではいない。ここは一日が三十時間にも四十時間にも感じる。先は長いのだから、自分に言い聞かせて固い座席に深く腰を沈め、目を閉じた。そもそもどうして貴重な夏期休暇に里帰りなどしなくてはいけなくなったのか……。原因を探ってゆくうち、二週間前にかかってきた小野寺友久《おのでらともひさ》からの電話を思い出した。

幼い頃、小学四年から中学を卒業するまで、伯母の家に母と二人で居候《いそうろう》していた時期がある。父親は優しいだけが取り柄《とえ》のだらしのない男で、賭《か》けごとばかりに手を出し借金を作っては母親を困らせていた。そんな父親にたまりかねて母親は離婚を申し出た。別れたまではよかったが父親はろくに慰謝料も払えず、子供の養育費などもってのほか。生活に困った母親は、霞実《かすみ》ノ村《むら》という小さな田舎《いなか》町に住んでいた姉の家に身を寄せた。

小野寺は、田舎の小学校に転校して最初に仲よくなった子供だった。もとから家の外よりも中で遊ぶほうが得意で、小野寺も家で本を読んでいることが好きな静かな子供だったから、共通点を持つ自分達はすぐに仲よくなった。

小学校、中学校といつも一緒だった。だけど高校に入学する前に、再婚する母について この小さな田舎町を出た。離れてしまっても、連絡を取り合っていたので縁は途切れることなく、三年後、田舎の高校を卒業した小野寺は自分と同じ、都心の大学に進学した。

小野寺は大学卒業後、田舎に戻り地元の役場に就職した。そして気まぐれに電話をかけてきた。それは上司の悪口や彼女絡《がら》みの話だったりと他愛《たわい》のないものだった。

一学期の期末テストも終わった七月の半ば、不意に小野寺から電話がかかってきた。最初は付き合っている彼女の愚痴《ぐち》だったのが、途中で脱線して中学生の頃の話になった。昔話に盛り上がる中で小野寺はふと黙り込んだ。

「どうした？」

付き合っている彼女のことでも考えているのかなと思った。小野寺の愚痴にたびたび登場する彼女はひどくわがままで買い物が大好きらしく、かなり貢《みつ》がされているらしい。友人としてはそんな難ありの彼女とは早々に距離をおいたほうがいいのではとそれとなくアドバイスするのだけど、小野寺は小野寺で思うところがありなかなか踏ん切りがつかないようだった。

短い沈黙のあと、軽く舌打ちしてから小野寺はゆっくりと口を開いた。

「一度、こっちに帰ってこないか」

「急になんだよ」

友人を間に挟んで話をしないといけないほど彼女との状況が切羽詰《せっぱつ》まっていたとは思わず、心配になる。小野寺は真面目《まじめ》な男で、女絡みでドロドロの修羅場《しゅらば》を演じるタイプではない。嫌な予感がした。

「和也、お前がここを出ていって何年になる？」

「十二年かな。高校に入る前だったからね。早いよな……高校卒業したのがついこの間みたいだよ」

電話の向こうで小野寺は小さく笑っていた。「帰ってこないか」と問いかけたことにどうやら彼女は関係ないらしい。

「俺たちも歳取《とし》ったよなあ。じきに三十になるぜ。もうカテゴリー中年だよ」

「渋みが出てきたとか、ほかにも言いようはあると思うけど」

電話で話をしながら、期末テストの採点をする。いつにないできの悪さに頭が痛くなってきた。この調子だと平均点は確実に下がるし、追試を受ける生徒も多くなりそうだ。

「三浦《みうら》、覚えてるだろ」

採点する指先がぴたりと止まった。

「あいつさあ、病気なんだよ。今入院してて……」

返事もせず口を噤《つぐ》む。小野寺はこちらの反応をうかがっているのか何も言わない。

「死ぬのか」

口の中が乾いて、声が少しだけ掠れた。

「いや、死にはしないけどけっこう厄介《やっかい》な病気で、完全に治りきらないんだってさ。ネフローゼとか言ってたな。あいつ高校中退してからずっと工事現場で働いてて、その病気が体にきつい仕事は駄目だって言うんで辞めたんだよ。事務系なら大丈夫らしいけど高校中退してるから仕事見つけるの大変だし、第一あいつにデスクワークが向くとも思えないからさ、困ってるんだよ」

「へえ……」

「見舞いに来てやってくれないかな。ちらっと顔見せるだけでもいいからさ。三浦も落ち込んでるし、お前の顔でも見たら少しは気が紛《まぎ》れるんじゃないかと思うんだよ」

　なんとも答えられなかった。

「それとも、まだやっぱり苦手か」

　躊躇《ためら》うような小野寺の口調。少しだけ考える余地ができた。

「何年、帰ってなかったかな」

「さっき自分で言ってたじゃないか。十二年だよ。十二年もたてば子供も大人になるし、考え方も変わってくる。あいつもずいぶん丸くなったよ」

　断る口実を考えている。副顧問《こもん》をやっているクラブの合宿があると言おうか。それとも今年は三年生のクラスの担任になったから、補習や学校外での研修会があって忙しいと……。

　言い訳を考えているうちに、どうして「帰らないこと」にこだわっているのか馬鹿馬鹿しくなってきた。引っ越してあの場所を離れたことで、関係は途切れている。もうすべては自分の中で終わってしまっていること。いつまでも気にしているほうがおかしい。

「夏休みに入るし、一度帰ろうかな。伯母さんに挨拶《あいさつ》もしておきたいし」

「帰る時には連絡しろよ。迎えに行くから。こっちは交通が不便だからな」

「必ず連絡するよ。じゃあまた」

電話を切ったあとで、どうして断らなかったのか猛烈に後悔した。今さら奴に会って何を話す？　あいつは人を問い詰めて、きっと核心に触れてくる。どうやってその状況を切り抜ければいいんだろう。

母親の駆け落ち同然の急な再婚のせいだと言えば納得するだろうか。いや、しない。連絡を取る方法がなかったと言えば嘘になる。あいつの住所も電話番号も自分は知っていたのだから。仮にも親友と思い込ませていたのなら、少しぐらいフォローしておくべきだった。だけどあの時は、そんなことまで気が回らないほどあいつから離れられたことに解放感を感じていて、二度と関わりたくないと思っていた。

嫌な思いはしたくない、面倒くさい。先に立つ思いはこれ。この期末テストのように最悪なこと。あいつら人の授業をなんだと思って聞いてるんだ。勉強しかしなくていいんだから、覚えろと言った最低限のことぐらいきちんと把握《はあく》しろっ。テストの束を乱暴に机の上に投げつけた。ため息が洩れる。こんなに嫌なのにどうして帰ると言ってしまったのだろう。多分、今でもあいつにこだわっているんだと、小野寺に知られたくなかったのだ。小野寺が忘れてしまえばこの話はそのまま立ち消えにできる。それを期待して夏休みを迎えた。

そんな思惑とはうらはらに、小野寺は電話を掛けてくる度に『いつ帰ってくるんだ』と聞いてくるので、忘れたふりもできない。結局、夏休みを利用して霞実ノ村に帰らざるをえなくなってしまった。駅に着いたその足で最初に三浦の見舞いに行き、今晩は伯母の家に一泊させてもらう。この恐ろしく呑気《のんき》な電車は午後三時に小野寺と待ち合わせた駅に着くことになっていた。

目を閉じても、眠りは気配すら忍び寄ってこない。中学生の頃は電車通学で、どんなひどい振動でも平気で寝ていたのに、今は細かな揺れが気になって目を覚ましてしまう。スマートフォンの電波も途切れがちで苛々するので鞄にしまった。何もすることがないからぼんやりと外の景色を眺める。

十二年ぶりに見る風景。電車は山間を縫《ぬ》うように走り、いくつも小さなトンネルを潜《くぐ》る。不意に南側の視界が開け、東にひなびた港が、西に半島の先が薄い灰色の影になって見えた。記憶の中にある景色と寸分違わない。自分は中学生のままなんじゃないかと、馬鹿げた錯覚を起こしかける。

電車が止まる。珍しく人が乗ってきた。男の子が三人。小学校の三、四年生ぐらいだろうか。キョロキョロとあたりを見回した子供達は、自分と反対側の座席を無邪気に占領した。そして膨《ふく》らんだそれぞれのポケットから何か取り出した。飴《あめ》にチョコ、ガム。狭いポケットに押し込められて変形し、大人から見ればグロテスク極《きわ》まりない菓子を、子供達は三等分する。

公平にキッチリと分けられる菓子を見ているうちに、子供ゆえの律儀さがなんだかおかしくなった。笑っている見ず知らずの大人に子供達が気づき、一斉《いっせい》に振り向く。警戒する視線に射抜かれ、後ろめたさを隠しきれずに顔を逸《そ》らす。子供達の目はこう言っているように思えた。

『お前は俺達のことを笑えるのか』

自分は決して公平とは言えない子供だった。子供の目は、思い出したくなかった、そして会いたくなかったある人物の姿を思い起こさせた。

十八年前　夏

昼間の天気が嘘のようだった。隅っこに少しだけだった雲の塊《かたまり》が、知らないうちにどんどん広がって重くどんよりと空を覆《おお》った。

「引っ越してきたばかりでまだ道を知らないんだから、遠くに行っては駄目よ」

母親の忠告を無視して、かろうじてコンクリート舗装された車一台しか通れない狭い林道を、ゆっくりと山に向かって歩いた。一本道だから迷うことはなかったし、後ろのほうには伯母さんの家がしっかりと見えていた。

エンジン音が聞こえると端っこに寄って車をやり過ごす。大きい車が来ると田んぼの畦道《あぜみち》まで車を避ける。畦道に立つとまだ青い稲穂の先がふくらはぎにあたってくすぐったかった。

田舎の車は前に住んでいた街の車よりも、ずいぶんとのんびりして見えた。見渡す限り道の先に人の姿は見えなくて、まるで自分のための道だ。どんどん進んでゆくうちにものすごく偉くなったような気がして大手を振って歩く。とても気分がよかった。

道は少し先で二つに分かれていた。片方は舗装されていて、もう片方は石ころがそのままの黄土色《おうどいろ》の道。分かれ道で立ち止まってどちらに行こうかと迷う。石ころ道のほうに何かがありそうで、そう思ったら足はそちらのほうに動きはじめていた。

石ころ道の右側には小さな水路があり、その向こうは細い木の枝が覆いかぶさるようにして伸びている。木々が作る天然のアーチは晴れの日なら恰好《かっこう》の日陰になるけれど、今日みたいな曇りの日には薄暗く陰気なだけだった。

歩くにつれて石ころ道はどんどんと狭くなり、その先は背丈の低い山が折り重なった裾野《すその》に隠れて見えなくなっていた。空からはゴロゴロと嫌な音が聞こえてくる。思わずお腹を押さえて立ち止まった。『来てはいけない場所に来たから山の神様が怒ってるんじゃないだろうか』それは今まで漠然《ばくぜん》と心の中にあった不安の集大成だった。ただの雷《かみなり》だと知っていても雲の切れ間に走る稲妻は不気味で、一度頭に浮かんだ『山の神様の怒り』は消えてはくれなかった。

ガラガラ……どこからともなく不気味な音が聞こえてきた。ガラガラ……重たいものを引きずるような鈍い音はだんだん近くなってくる。こんな時に、もっともっと小さな頃に読んだ「やまんば」の話を思い出してしまった。やまんばは子供をさらってきては切り刻んで大きな鍋に入れ、煮《に》て食べた。絵本を読んだ時に背中がゾッと冷たくなって怖かった。こんな山の中だ。やまんばがいたっておかしくない。

『怖い』

体中にバッと鳥肌が立つ。降り出した雨粒が背中にあたったせいか、恐怖心のせいかはわからない。立っていられなくてうずくまりブルブルと震えた。

我慢しきれず、弾《はじ》かれるように駆け出していた。後ろを振り返るなんてとんでもない。雨はザアザアと音をたてて降りはじめた。舗装されていない道はあちこちに足跡や轍《わだち》でできたでこぼこがたくさんある。水たまりに何度も転びそうになりながら夢中で走った。ようやく分かれ道の手前まで戻ってきた時、小さな窪《くぼ》みに爪先を引っかけた。体が大きく跳ねて頭から地面に転がった。擦《す》りむいたおでこが痛くて少しだけ涙が出る。すぐには立ち上がれない子供の後ろで、ガラガラという音が大きくなる。

両手で耳を塞《ふさ》いだ。ガラガラという音は後ろでピタリと止まる。やまんばがこっちを見ているに違いない。この子は美味《おい》しそうだ、と舌なめずりしながら。

「立てよ」

子供の声だ。やまんばには子供の召使いがいるらしい。

「通れないだろ、立てよ」

動けずうずくまって震えていると、腕をつかまれた。ヒッ、と小さく悲鳴をあげておそるおそる顔を上げる。子供は同じぐらいの背丈をしていた。やまんばの手下らしく、目尻のつり上がった怖い顔。その子も頭からバケツの水をかぶったみたいにびしょびしょに濡《ぬ》れていた。子供は僕の顔を見て、にいっと笑った。

「変な顔」

子供は引きずるようにして邪魔者を立たせると、後ろに走っていった。こわごわ振り返る。そこにはやまんばではなく、車椅子に座った男の人と、その後ろに立つつり目の子供がいた。男の人の膝《ひざ》の上には小さな杓《ひしやく》と水桶《みずおけ》が見えた。

「早くどけよ」

慌《あわ》てて道の端によける。車椅子はすぐ横をガラガラと音をたてて通り過ぎた。でこぼこの多い道に車輪は何度もはまって、そのたびに子供は立ち止まって車椅子を押す腕に力を込めていた。大きな泥濘《ぬかるみ》にはまり込んだ車輪が、とうとう動かなくなる。その子は一生懸命に車輪を引き抜こうとしているけど、なかなかうまくいかない。

動かないことで腹が立ったのか、男の人はその子を激しく怒鳴《どな》りつけた。大声をあげて怒る男の人は怖い。けれど困っているその子を置いて帰るのは間違っている気がする。学校の先生も、困った人を見かけたら助けてあげなくてはいけないと言っていた。

「手伝おうか」

二人は同時に振り返った。男の人の目は、その子によく似て目尻が少しつり上がっている。

「いいえ、おかまいなく。行きは大丈夫だったので、こいつは一人でも押せるはずです」

丁寧《ていねい》な言葉遣いだったけれど、声は雨粒みたいに冷たかった。子供のほうは申し出に一瞬すがる目をしたのに、男の人の一言に正面を向いて懸命に車椅子を押した。

雨に濡れて体も寒い。でも困っている人を残しては帰れない。その子がもう一度だけこちらに振り返った。振り返っただけ、何も言わずにまた正面を向く。言葉がなくても、助けを求められていると伝わってきて、その子の横にすっと並んだ。驚いた顔は一瞬で、その子は体を寄せて子供がもう一人車椅子を押せるスペースを作った。無言で、頷《うなず》くことでタイミングを取る。二人だと難なく車輪は泥濘から抜けた。自分はそこに立ち止まり、その子は二人分の勢いを乗せた車椅子を押して歩いた。車椅子が舗装された道に出て、伯母さんの家の方角とは反対の道に消えて見えなくなった時、もう大丈夫だと思った。だから勢いをつけて走った。とにかく寒かった。

目尻のつり上がった子供の名前は三浦恵一《けいいち》。次の日、転校先の小学校で名前を知った。それまで街の、一学年が十クラスある大きな小学校へ通っていたので、転校先の小学校が全校児童合わせて六十人にも足りず、同級生が十人に満たない学年もあるのだと担任になる少し年取った女の先生に聞いて驚いた。

転校初日、ドキドキしながら先生のあとについて四年生の教室に入り、たった十人のクラスメイトの中にその子の顔を見つけた。先生が黒板に白墨《はくぼく》で秋元和也、と名前を書き、大きな声で二回、繰り返して読む間、緊張してずっと木製の教壇の木の節《ふし》を見ていた。

この頃は、変わったばかりでまだ馴染《なじ》んでいない母の旧姓である秋元《あきもと》の名字を使っていた。

「秋元和也です」

小さな声で呟《つぶや》く。もう席に着くのかと思っていたら、端の席の子から一人一人立ち上がっての自己紹介がはじまった。目尻のつり上がったその子は隣の子の挨拶が終わるのを待ちかまえていたように勢いよく立ち上がり、大きな声で「三浦恵一」と言った。

三浦はずっとこっちを見ている。どこを見ていても三浦の視線を感じた。視界の端に映る三浦の目は、何度見ても気が強そうにつり上がっている。全員が名前を言い終えたあとで白髪の女の先生は、教壇を囲む形でコの字型に並べられた机の、戸口に近い端っこの席を指さした。

「秋元君の席はあそこですからね」

あらかじめ用意されていた席に着こうと歩き出した時、三浦がサッと手を上げ立ち上がった。

「小野《おの》先生、そいつ俺の横の席にしてよ。ほら田中《たなか》、お前があっちに行け」

三浦は教壇から正面になる席に、女の子二人に挟まれて座っていた。三浦の申し出に田中と呼ばれた女の子は露骨に嫌そうな顔をする。先生はちょっと首を傾《かし》げ、「秋元君はどうしたいかしら」と聞いてきた。

そんなのどちらでもいい。転校したてで、場所の良し悪《よあ》しなどわかるはずもない。ただどちらかと言えば先生の視線がまっすぐに来る正面の席よりも、隅の席のほうが気が楽だった。

「先生、俺そいつ知ってるんだ」

皆の視線がつり目の子供に集中する。三浦は得意げにこう言った。

「昨日、会ったんだよな」

「うっ……うん」

会ったことに嘘はないのでコクリと頷く。白髪の小野先生は「そうだったの」とにっこり笑った。

「転校したてだし、顔見知りなら三浦君の近くがいいかもしれないわね」

席は三浦の隣に決まった。教科書を抱えておとなしくつり目の子供の横に座る。すると三浦は肘《ひじ》で乱暴に人の腕をつついてきて、振り向くとニイッと笑った。

本来は学級長の仕事である転校生の校内案内を三浦は買って出た。誰が案内でもかまわなかったのに、三浦に脅《おど》されて学級長はその役をあっさり放棄した。

昼休みに校内を回ると言うから、三浦に肘でつっつかれながら急いで給食を食べる。こちらが食べ終わったのを見るや否や、とっくの昔に皿を空にしていた三浦はぎっちりと人の手をつかんだ。

「さあ、行くぞ」

「ちょっと待ってよ」

声のした方向に三浦と一緒に振り返った。端の席に移動させられた田中明美《あけみ》という子が席を立ちこちらを、三浦を睨《にら》みつけている。トンボみたいな眼鏡をかけた田中の、二つに分けて三つ編みされた髪の毛が肩のところでゆらゆら揺れていた。

「三浦君は給食の後片付け当番でしょ。ちゃんとみんなが食べ終わるまで教室で待ってなきゃだめ」

「終わったらすぐに戻ってくる」

田中は大きく首を横に振る。

「駄目よ、後片付けの当番は片付けが終わるまで教室を出ちゃいけないの。そういうきまりだもんね。出てったら小野先生に言いつけるからっ」

三浦は無言で田中を睨みつけた。険悪な空気が流れる。これはまずいなと感じて三浦の肩をそっとつついた。

「教室にいなよ。僕はほかの子に案内してもらうから」

三浦は振り返った。怒っている目を向けられて、背中がすくむ。

「俺の言うことに逆らうのか」

「そんなつもりじゃ……」

いきなり頭を叩かれた。容赦《ようしゃ》がない、きつい一撃で後ずさって、机にぶつかる。教室がザワッと騒ぐ。

「自分の思い通りにならないからって、秋元君を叩くことないでしょう。あんたって本当に乱暴者ね」

田中の高い声。痛む頭を押さえて顔を上げたその目に映ったのは、田中の顔を殴って床に押し倒した三浦の姿だった。誰が止める間もなかった。三浦はうつぶせになった田中の背中に馬乗りになり、手綱《たづな》を引くように三つ編みの髪の毛を乱暴に引っ張った。

「痛い、痛い」

三浦の顔は怒りながら笑ってるように見えて、とても怖かった。田中が泣き叫んでも最初は誰も止めに入らなかった。みんな三浦を怖がっている。でも怖いからといって田中をそのままにしておくことは、律儀な小学生の自分にはできなかった。

「やめろよ、痛がってるだろ」

震えながら乱暴者の背中を突いた。強く押したつもりはなかったのに、三浦の体は前のめりにこけて、床に頭をぶつけた。呻《うめ》きながら顔を上げたその鼻からはつうっと赤い血が流れ落ちる。

「痛い」

三浦は鼻血を押さえもせず呆然《ぼうぜん》としていた。怒った三浦に自分も馬乗りになって殴られるんだと確信する。でも三浦の反撃はなかった。する前に騒ぎを聞きつけた小野先生が教室に飛び込んで来たからだ。

「何をしているの。喧嘩してはいけないと言っているでしょう。まあ……」

先生は三浦の鼻血に驚き、大声で泣く田中に目を丸くする。

「三浦君、保健室に行ってらっしゃい」

三浦は立ち上がりノロノロと教室を出ていった。三浦がいなくなると田中の周りには女の子が三人、彼女を守るように取り囲んだ。先生は一人一人の子供をゆっくりと見回した。

「話を聞かせてちょうだい。どうして喧嘩なんかしてたの」

辺りはしんとする。誰も話さない。

「先生！」

その時に手を上げたのが、眼鏡をかけた体の細い小野寺という男の子だった。

「三浦君が給食の後片付けの当番なのに、やらずに秋元君に校舎を案内しようとしたんです。それを田中さんが注意して、そしたら……」

小野寺は事実をありのまま先生に話した。先生は転校生の目を見て、「そうなの？」と確かめてくる。黙って頷く。先生は小さくため息をついた。

「このことについては、帰りの会で話し合いましょう。それまでにみなさん一人一人がきちんと考えておいてね」

先生は田中に近づき、怪我がないとわかると教室を出ていった。給食を食べていた子は席に戻り、食事が終わった子は隅に固まってひそひそ話を始めた。

話し声の切れ端がすべて自分のことを話しているんじゃないかと気になる。言いようのない決まり悪さを奥歯にため込んだまま、だけど何もできずにじっと椅子に座っていた。

「三浦のことは気にしなくてもいいよ」

先生に説明をしてくれた小野寺が、目の前にやってきた。

「あいつはいつもああだから」

小野寺は少し垂れ目の、のんびりした顔をしている。はにかむように笑いかけられ、つられて笑った。そうすると少しだけ凝《こ》り固まった胸の中が和《やわ》らいでいく気がした。

「三浦って怖いだろ。あいつ少しでも嫌なことがあるとすぐに人のこと叩くんだ。秋元君のことも自分の子分みたいにしたいんだよ。前に転校生が来た時も最初は色々と世話してたんだけど、飽きるとすぐに仲間はずれにしたり苛《いじ》めたりしたんだ」

とんでもない三浦の正体。田中に馬乗りになった姿が頭に浮かぶ。

「校舎の中を一緒に見て回ろうか」

教室の中にいることに飽きたのか、同級生が一人、また一人と校庭に出てゆく。

「みんなといなくていいの」

外へ遊びに行く子を横目に見ながら聞いた。小野寺はニコッと笑う。

「いいよ。行こう」

三浦に案内してもらうよりも、小野寺のほうがいい。だから大きく頷いた。

「決まり。じゃ三階から行こうか」

三浦はお昼からの授業が始まるチャイムの音と一緒に教室に戻ってきた。戻ってきても隣にいる自分のことはチラリとも見ない。ずっと怒って見える顔で唇を尖《とが》らせている。先生の質問にも返事をしない。先生の言うことは絶対だと思っていたから、三浦のような問題行動を起こす子供が本当にいるのが信じられなかった。

一日の全部の授業と掃除が終わると、この学校には『帰りの会』なるものがあった。その日にあった出来事の中で問題があった場合、それについてみんなで話し合うというものだ。自分はもちろん初参加だった。帰りの会でまず取り上げられたのが今日の三浦と田中の喧嘩だった。みんなが三浦の悪い点を上げつらねた。

「田中さんも三浦君を乱暴者だと言ったのは悪いと思います」

三浦の正体を教えてくれた小野寺だけは一人三浦を助ける意見を出した。小野先生は頷きながら、こうまとめた。

「腹が立ったからといって人を叩くといった乱暴をするのはいけないことです。でも言葉でだって人は傷つきます。みんなも小野寺君の言ったことをよく考えてみてね」

何だかスッキリしないままに会は終わった。

「ごめんなさい」

三浦は最後、投げやりに、反省の色も見せずに田中に謝った。

った。

「私もごめんなさい」

田中も得意げに謝った。周りを味方につけて三浦を攻撃し、それで満足したようだった。

待ちわびた放課後になり、飛んで帰りたい気持ちを押さえつけてゆっくりと教室を出る。朝に教えられた靴箱の位置を忘れてしまい玄関先でウロウロしていた時に、一番会いたくない奴に遭遇した。飛び出してゆく三浦を見てから教室を出たのに、まだ帰っていなかった。目が合うと三浦はニッと笑う。思わずあたりを見回した。誰もいない。喧嘩になっても止めてくれる人はいない。

「お前のは右端から三つ目」

何を言われたのか最初はわからなかった。もう一度言葉を頭の中で繰り返して、それが自分の靴箱の位置らしいと気がついた。

「あ……りがと」

気まずい。三浦はじっとこっちを見ている。靴箱を開けているだけでも、見られていると緊張するし、嫌な感じがする。靴を履《は》き終わるのを待っていたように、三浦はおもむろに口を開いた。

「お前の使ってるそこさ、この前まで吉本《よしもと》が使ってた靴箱なんだ。吉本ってお前は知らないだろ。五月にさ、事故で死んだんだ」

喉《のど》がゴクリと鳴った。靴箱に触れた指先が急に冷たくなる。

「吉本が祟《たた》るってみーんなそこに触らなかったんだ。お前が一番だ。今日にでも死ぬかもな」

三浦は楽しげに笑っている。そんなことがあるものか、と心の中で言い返しても、本当は気持ち悪い。そう、自分は小さい頃から暗示にかかりやすかった。一度こうだと思い込むと止まらない。

「嘘だ」

震える声で対抗した。

「嘘なものか。この前に明子が触ってその日のうちに鋏《はさみ》で小指を切ったんだ。絶対に何かあるって」

「三浦君は僕が触るのが初めてだって言ったじゃないか」

「そんなこと言ってねえよ」

三浦はつんと唇を尖らせた。

「嘘つきっ、三浦君の嘘つき」

目を閉じる間もなく平手が飛んできた。頬《ほお》がジンジンと痛む。親にさえ手を上げられたことがなかったから、三浦の暴力が怖くて、悔しくて、じわりと涙があふれてくる。帰りの会の時もやっぱり三浦は反省なんかしていなかった。平気で暴力を振るう。泣き顔のまま睨みつけると、三浦はにやにやと笑っていた。

「変な顔」

人を指さしてそう言い、三浦は靴を取り出して履いた。そして叩かれて泣いている転校生の手首をつかんだ。

「一緒に帰ろうぜ」

信じられなかった。三浦の考えていることがわからない。頬もまだジンジン痛かった。

三浦はものすごいスピードで走った。わけがわからないまま引きずられてついていく。学校の向かいにある小さくて寂《さび》れた雑貨屋の前まで来ると三浦は急に立ち止まった。

「消しゴムなかった」

呟いて人を店の中に引きずり込む。店の入り口のカウンターには校門の横にある銅像のように神妙な顔をしたお爺《じい》さんがいて、店に入る子供をじろりと睨みつけた。小さな雑貨屋は、店内に食料品から文房具までところ狭しと並べられていて、消しゴムは店の一番奥の棚にあった。

何年か前に流行《はや》ったキャラクター消しゴムしかない。うっすら埃《ほこり》をかぶったそれに息をフッと吹きかけて三浦は箱の中をかき回した。青色の消しゴムを取り出すと、スッとポケットに押し込む。心臓が一瞬、絞《しぼ》られたようにギュッとなる。三浦はチラと目配せすると人のポケットにも消しゴムを一個押し込んだ。驚いて声も出ない。そしておぼつかない足取りの同級生の手をつかんで堂々と店を出た。何メートルも歩かないうちに、三浦は盗品をポケットから取り出す。そして高々と陽《ひ》に透《す》かしてみた。

「お金……払わないの」

立ち止まって聞いた。三浦も立ち止まり、ちょっと首を傾げた。

「港のほうに行こうぜ。秘密の基地があるんだ」

クイッと顎《あご》を引いて、三浦は先を走ってゆく。もう家に帰りたかった。でもポケットに入っている消しゴムは重たくて、このまま家に帰ってはいけないことだけはわかった。

自分で盗んだんじゃないけど、もし先生が見ていたら悪いことをする友達をどうして止めなかったのかときっと叱られる。

港には三角形で中が空洞のテトラポッドを組み合わせた防波堤が何ヵ所かあり、その中の一つに三浦はもぐり込んだ。テトラポッドの中からひょこひょこ顔を出す三浦は「もぐらたたき」のゲームに出てくるもぐらみたいだった。

テトラポッドの中には子供がようやく一人入れるくらいの隙間《すきま》があった。狭い穴の中に、三浦は来いと誘ってくる。狭いところは嫌いだったけど、仕方なかった。テトラポッドには横穴がたくさんあって、その一つから三浦は漫画を取り出した。

「お前も読む？」

差し出された少年雑誌は、何ヵ月も前の古いものだった。漫画を手にしたまま、勇気を振り絞って声を出した。

「消しゴム……お金を払わなきゃ駄目だよ」

本から顔を上げた三浦は、悪びれた顔もしてなかった。

「泥棒をしちゃいけないよ。こんなことしちゃいけないんだ」

三浦は漫画本を放り出した。

「百円だぞ。百円ぐらいその辺にも落ちてるし」

心底不思議そうに首を傾げる。困った。悪いことを悪いと思っていない三浦にどうやってお金を返させたらいいんだろう。

「でも、それは三浦君のじゃない。三浦君だって自分のお金を人に取られたら腹が立つだろう」

「そんな奴がいたらぶん殴ってやる」

「あの店のお爺さんだって、盗まれたって知ったらきっとそう思うよ。だからこんなことはしちゃいけないんだ。人が嫌だと思うことはしちゃいけない。それがきまりだよ」

う……ん、と三浦は唸《うな》り、急にニヤニヤ笑いはじめた。

「きまりだっていうんだったら、これは何かの遊びなんだな。それなら俺は一抜けする。そうしたらそんなきまり、守らなくてもいいだろ」

「駄目だよ、みんなで決めたことなんだから。守らないと、ここにいられなくなるんだ」

「じゃ違うところへ行く」

何を言っても屁理屈《へりくつ》で返す。

「どこへも行けるもんか。泥棒を許してくれるとこなんて世界中どこ探したってないもん。もう死ぬしかないよ」

死ぬ、という言葉に二人の動きが止まった。三浦は急におとなしくなる。自分の放った「死」という言葉に自分で戸惑《とまど》う。何も喋《しゃべ》らないでいると、テトラポッドの下に波の流れ込んでくるチャプチャプという音が聞こえた。

「別にいいじゃないか。見つかんなきゃ誰にも怒られないのに……」

三浦の声には力がなかった。

「駄目だよ」

「お前の言うことわかんないよ。でもこれは返したほうがいいって言うんだよな」

頷くと、三浦は狭いテトラポッドの中で器用に立ち上がった。

「返しに行くか」

三浦が自分の言うことを、たとえそれが正しいことだとしても、ちゃんと聞いたということに少し驚いた。

店の前まで戻ったけど、中に入れない。消しゴムを盗んだことをどういう風に謝ればいいのかわからない。正直に店のお爺さんに謝って怒られるのも嫌だ。三浦のしたことなのにどうして自分まで一緒に怒られなくてはいけないのか、そんな心もあった。三浦に謝る気を起こさせたのはいいけど、恰好よく言ったはいいけど……。

考えた末、家に帰っておこづかいを取ってきて、雑貨屋のお爺さんに「店の中で拾った」と嘘をついて二百円を渡した。それは二人分の消しゴム代だった。子供の顔を交互にジロジロと眺めていた店のお爺さんは、不意にその目尻をほころばせた。

「ありがとう。でも店の中にあったとしてもお店のじゃないかもしれないし、お客さんが落としていったのかもしれない。正直に届けてくれたお礼にこれは坊主にあげよう」

お金が戻ってくる。何とも言えない気持ちで店を出た。手の中の百円玉二つがすごく重い。

「本当のこと言わなくてもいいのか」

店を出るなり三浦に聞かれた。答えられない。ばつが悪い。陽はもう傾きかけていて、あたりはオレンジ色に染まっている。早く家に帰りたい。見覚えのある道まで出た時に三浦の肩を叩いた。

「バイバイ」

言い残して家に向かい一目散《いちもくさん》に走った。三浦は嫌だ。あまり話をしないようにしよう。あんな変な奴にもうかまうもんか。走りながら心の中で何度も繰り返した。

十三年前　春

　学生服の詰め襟《えり》が窮屈《きゆうくつ》で、HR《ホームルーム》が始まるまでの間、襟許を緩《ゆる》めた。その狭間に花びらが一枚、舞い込んでくる。薄桃色の花びら。見上げると、満開の桜の花びらに隠されて、空は見えない。建物の陰から誰か飛び出してくるのが見えた。急ぎ足で駆けてくる。桜の花びらを踏みつけ急ブレーキをかけた三浦は、肩で何度も荒い息をついた。

「今年もクラスが違うぜ、見たか。お前は三ホームで俺は四ホーム。中学最後のクラスだってのに、ついてないよな。同じクラスになったのは一年の時だけだったな。でもまあ隣だし、体育は一緒だからまだマシか。休み時間にはお前のところに行くから」

　曖昧《あいまい》に笑ってうつむき、落胆しているように見えるふりをする自分。実は三浦よりも先にクラス分けの掲示板を見ていた。クラス分けはこれから一年間の生活がかかっている重大事項だ。三浦とクラスが違うとわかった瞬間、心底安心した。本人の前では口が裂けても言えないし、そんな素振《そぶ》りを見せはしないけれど。

息をつくたびに揺れる三浦の前髪は、鼻先が隠れるほど長い。生活指導の先生にいくら注意をされても伸ばすのをやめない。服装だってだらしない。汚れた制服を平気で着ている。詰め襟のカラーもまともにしたことはないし、いつも胸許のボタンは中途半端に開いている。いつまでたっても三浦は「悪い見本」から抜け出さない。

「一年同じクラスになれただけでもラッキーだったんだよ。桜田《さくらだ》小学校から来た子で同じクラスになったのなんて三浦と小野寺だけだもんな。ああ、小野寺とは今年も一緒だけど」

小野寺の名前に三浦の眉がピクリと動く。

「お前は小学校の時からけっこうあいつを気に入ってたもんな。今年も同じで嬉しいだろ」

単純明快な思考回路。心の中で苦笑いする。こういう場合、三浦がどういう言い方をしてほしいのかはよくわかっている。だから大げさに腕組みをして、不貞腐《ふてくさ》れたような三浦の顔を正面から見た。

「そうだね。でも僕は三浦と同じクラスになれなくて残念だよ。一緒にいると退屈しないから」

少し不機嫌そうだった顔が、蛍光灯がつくみたいに一瞬でパッと明るくなる。そうか、そうか、と三浦は何度も繰り返して人の肩を小さく突いた。照れた表情で笑う。

「お前も物好きだよな、俺なんかの親友やってんだから。みんなが俺達のことなんて言ってるか知ってるか。異色の組み合わせだってさ」

不愉快極まりない呼ばれ方だった。

「僕も聞いたことがあるよ」

「まったく、ひどいよな」

ひどい、と言いながら三浦は嬉しそうだ。風が吹く。まるで自分の心の中のように。強い風に三浦が少しだけ目を細めた。風になぶられる三浦の髪は陽に透けて茶色に光った。この休みの間に更に色を抜いたのかもしれない。いくつになっても教師の反感を買うことしかしない。本音を言えば、三浦が教師に疎《うと》ましがられようが、気に入られようがどうでもよかった。関係ない。

もうそろそろかなと腕時計を見てゆっくりと口を開いた。

「教室に行かないと、もうすぐHR《ホームルーム》が始まる」

三浦はうつむけていた顔を上げ、こちらに向かって笑いかけてきた。犬みたいな顔だった。それに応じてちょっとだけ笑うふりをする。

「早く行かないと、お互い新学期早々遅刻になるよ」

「そうだな、またあとで」

三浦は「親友」の肩をポンと叩いてから先に走っていってしまった。どうしても好きになれない幼なじみの背中を、無数に舞い散る花びらの向こうに見送った。


クラスの中の半分以上は見知った顔だ。教室に入ったとたんにチャイムが鳴りはじめ、慌てて教卓にある席順を見た。

「和也、こっち」

右から二列目の中頃の席で馴染みの顔が手を振っている。

「お前の席は俺の真横だよ」

急いで小野寺の隣、空白の席に納まった。

「名字のあいうえお順に席を決めてるんだよ。安直だよなあ」

小野寺は頭の後ろで腕を組み、朝だというのに大きな欠伸《あくび》をする。

「でも去年もそうだったからね」

「席順に文句言ったって仕方ないけどさ。まっ、一年よろしく」

「本当に腐れ縁って感じだよなあ」

しみじみ呟くと、小野寺は横目でちらっとこちらを見た。

「俺は三年でも同じになれるなんて思わなかったよ。ラッキーだったな」

「小野寺でよかったよ。三浦と一緒になるかと思って内心ヒヤヒヤしてたからさ」

小野寺は周囲に視線を走らせ、声のトーンを一段下げた。

「そんな大声で喋ってると……いつどこであいつの耳に入るかわからないぞ」

「いいよ、別に」

小野寺は「ハーッ」と息をつき、頭をボリボリと掻《か》いた。小野寺は自分の心情を知る唯一の人間だ。義理堅くて口が固いから、安心して本音が言える。彼は本当の意味で親友と呼べる男だった。小学校四年生の時に同じ小学校に転入してからずっと、三浦は自分につきまとっている。何をそんなに気に入ったのかわからないけど、三浦はいつもそばにいたがった。

気分にムラのある乱暴な三浦が苦手だったから一緒にいたくなかったけれど、暴力が怖くてハッキリ嫌いだと言うことができなかった。それに学校の先生が呪文みたいに唱《とな》えていた「誰とでも仲よくしなさい」という言葉をその頃は忠実に守っていた。懐《なつ》いてくるのを拒否しなかったことで、三浦は「コイツは自分のことを気に入っているぞ」と勘違いした。いつの間にか当然の如く隣に居すわるようになった。

心底嫌いだと思っている人間と仲のよいふりを続けるというストレスは、日に日にたまっていく。そんなストレスのただ一つの捌《は》け口《ぐち》が小野寺だった。小野寺は考え方が自分によく似ていて、気持ちをわかってくれるし一緒にいて安心できる。

「休み時間にまた僕のところに来るって言うんだ。まったくうんざりするよ。でも我慢するのもこの一年だけだけどね」

小野寺は「そうなのか？」と首を傾げた。

「鷺沼《さぎぬま》高校に進学しようかと思うんだ」

「鷺沼って……」

鷺沼高校は県内でも有名な進学校。入学試験が難しくて、年に二、三人しかこの中学からは進学しない。自分の成績は学年でも上位で、先生もこの一年頑張れば合格できるだろうと言ってくれた。そこが名門校だから進学を決めたのではなく、単に三浦と離れたかったから選んだ。三浦の成績が後ろから数えたほうが早いと知っていての決断だ。でなければ地元の県立高校だって別によかった。

「市内だと下宿しないといけないから、自然に切れると思ってさ」

小野寺は肩をすくめた。

「お前が前から三浦のことよく思ってないのは知ってるけど、最近あいつ変わったと思わないか。話もわかるようになったし、滅多《めった》に喧嘩もしなくなったしさ」

「相変わらずわがままで乱暴者だよ。馬鹿だしね」

小野寺はクッと眉をひそめた。

「それを本人に聞かせてやれよ。一発で寄りつかなくなるぞ」

「言うのはいいけどさ、あとが怖いだろ。あいつのことだから何するかわからないし」

「怒りはするだろうけどさ、お前から離れてくだけで悪さはしないんじゃないかと思うけど」

小野寺は下から人の顔を覗き込んできた。

「実はお前、好かれてるって優越感にちょっと浸《ひた》ってないか？」

思いがけない言葉に驚く。小野寺は「ちょっと嫌な言い方だったな。ゴメン」と謝ってきた。

「俺はどうして三浦がお前にこだわるのかわかんなかったけどさ、最近はちょっと見えてきたような気がするんだ。和也っていい子だろ。別に悪い意味じゃなくてさ。規則も守るし礼儀正しいし、先生にも可愛がられてる。俺は、規則を守れる守れないは性格だと思ってて、三浦は決められた型通りにはどうしてもできない奴だろ。だからなんでもきちんとできるお前のことが羨《うらや》ましいんだと思う。きっと尊敬してんだよ」

三浦に尊敬されているとまで言われて、戸惑った。

「あいつさ、女の子にもてるんだよ」

「えっ」

そんな話は初めて聞いた。

「頭よくないし目つき悪いけど、顔はまあまあで背も高いだろ。付き合ってくれって言ってくる女の子も多いんだよ。でも片《かた》っ端《ぱし》から断ってるんだってさ」

「へえ……」

告白されたという話を三浦から聞いたことはなかった。一番近い場所にいる自分が知らずに、小野寺が知っているというのが少しだけ気になる。けど……それだけ自分が三浦の周囲を気にして見ていないということなのかもしれない。

「断る理由ってのがなんだと思う。『一番好きな人間は一人だけでいい』って言うんだってさ。その一人ってお前のことなんじゃないのか」

「でも俺はお前以上にあいつと親しい人間なんて知らないよ。お前は心あたりある？」

「僕？　冗談じゃない」

そんなの知らない。何が一番好きな人間は一人でいいだ。はた迷惑もいいところ。お前みたいな乱暴者でも好きになってくれる女の子がいるんだったら、さっさとその女の子とでも仲よくなって人につきまとわなければいい。

「あいつ男にもけっこう人気あるんだ。そりゃたまに突拍子《とっぴょうし》もないことするけど筋が通ってるしな。でもあいつお前以外の奴はちゃんと相手にしないんだ。和也がさ、三浦がどうしても嫌でいつか離れていこうって思ってるんだったら、本当のことを言ってやったほうがあいつのためだよ。そしたらあいつもほかに友達作るだろうし、お前にもつきまとわなくなって一石二鳥だろ」

まるで言い聞かせるみたいに話をする。何だかおかしい。小野寺が最初に言った「優越感」の言葉の意味を考える。そんなつもりはないのに、こっちは被害者なのに。どうして小野寺はそう思ったんだろう。そう思わせる要因が何かあったに違いない。三浦の悪口ばかり言っていたのが気に入らなかったんだろうか、それとも……。

小野寺の言葉を分析する前に、この場を切り抜ける言葉を選んだ。

「そうだね。僕もずっと考えてたんだ。確かに、合わない人間っていうのがいるんだって教えてあげたほうが三浦のためだよね」

小野寺はホッとした表情でにっこり笑った。

「お前は話せばわかる奴だと思ってたよ。どうしようか迷ってたけど話してよかったわ。もし三浦に本当のことを言って殴られそうになったら、俺が庇《かば》ってやるからな」

「二人ともボコられるのがオチだよ」

同時に笑った。ちょうど五分遅刻して新しい担任が教室に入ってきて、小野寺は慌てて前を向いた。教師の挨拶を聞きながら、考えた。どうやって三浦に「嫌だ」と切り出そうか。降って湧いた煩《わずら》わしさに、こめかみがズキリと痛む。

心持ち恨みを込めて小野寺を睨みつけた。放っておくこともできるのにもっと面倒な結末を人に迫ったことを。でも小野寺の言葉には逆らえない。小野寺には嫌われたくない。

新学期早々、嫌なことになりそうだった。

ほんの小さな物音だった。眠い目を何度も瞬《しばた》かせ、手の甲で乱暴に擦《こす》る。腕を伸ばせば届くところにある目覚まし時計を引き寄せて顔に近づける。やっぱり、というかまだ夜中の三時だった。また、音がする。南側の窓がコツコツと鳴る。自分の部屋は離れにある。こんな時間帯に二階の窓をノックする人間は知っている限り、一人しかいない。

寝たふりをしていたら、いつまでも窓を叩かれそうで、うんざりしながらベッドから起き出した。カーテンを開けると、窓の外の大きな影が月明かりに映し出された。窓の向こうの人物は開いたカーテンににやっと笑った。心の中で非常識だと罵倒《ばとう》しながら、表にはおくびにも出さず小さなため息をついてみせる。

『ココ、アケロヨ』

口パクでそう伝え、三浦は窓を軽く叩いた。入れないわけにもゆかず、鍵をはずして窓を開けた。三浦は猫みたいに素早《すばや》く中に入り込んでくると、さっきまで人が寝ていたベッドにごろりと転がった。

「気持ちいいや、お前本当に寝てたんだな。まだ温《あたた》かい」

「そうだよ、誰かさんが訪ねてくるまでね」

怒った声色《こわいろ》を使う。こんな場合、少しぐらい怒った顔をしてみせても大丈夫だ。悪いことをしたのは三浦なんだから。だけどそんなことまったく気にしていないのか、三浦はにやにや笑っているだけだ。呆《あき》れて声も出ない。電灯をつけようとスイッチに手を伸ばすと、三浦が待て、と小さく叫んだ。

「灯《あかり》はつけるなよ。お前ん家《ち》の人が起きると面倒だからな」

「灯？　ああ、わかった」

三浦は少しの間、人のベッドを占領し毛布を体に巻きつけてゴロゴロと左右に寝転がっていた。こんな夜中に一体何をしに来たんだ？　問いただしたくてたまらないけれど放っておく。笑っていても三浦の顔は不機嫌だったし、言いたくない時には何も喋らないのはわかっている。

「海、行かないか」

三浦は「親友」を見上げてそう言った。

「今から？」

「ここじゃ話もできないからさ」

「でも……」

どうして夜中に海に行くのかわからない。学校でも会えるんだから昼間に話をすればいい。人の迷惑も考えろ。少しは気を使え。人並みの常識も持ち合わせていないのか、お前は。でも、そんなこと口が裂けても言えないので、それとなく断る理由を考えた。

「今さ、タイヤがパンクしてるんだ。僕は自転車に乗れないよ」

嘘だった。

「だったら俺のチャリの後ろに乗ってけよ。ステップついてるし」

「……朝になってからじゃ駄目なのか」

どうしても行きたがる三浦の気配に、本音のかけらが洩れた。

「駄目だ。今じゃないと絶対に駄目だ」

頑固に言い張る。こうなると梃《てこ》でも動かない。

「……わかった。今から着替える」

仕方なく、嫌々ジーンズとシャツに着替えた。いくら春先とはいえシャツだけじゃ寒そうで上からブルゾンを羽織《はお》った。振り返ると完全防備の自分と対照的に、三浦は長袖《ながそで》のTシャツ一枚だった。

「寒くないか」

「えっ、ああちょっと」

丸まっている肩先を軽くさすっている。クローゼットの中からカーディガンを取り出して三浦に渡した。

「着てけよ」

「うん」

三浦は素直に着た。そしてまた窓から出ていこうとするので慌てて止めた。

「玄関からいこう」

「ばっかだな。そんなことしてお前の母さんにでも見つかってみろ。何か言われるに決まってんだろ。俺はお前の家に出入り禁止だ」

「でも靴がないよ」

三浦は靴下を履いただけの親友の足許を見た。

「俺の靴を半分貸してやるから、それで我慢しろ」

「…………」

「ほら、行くぞ」

促されて渋々窓から外に出る。いくら月が出ているとはいえ、真夜中だ。暗闇の中を三浦はまるで猫のようにひょいひょいと屋根を伝って歩く。その後を一歩一歩こわごわとついていく。ようやく下に降りたかと思うとそのまま三浦は駆け出し、慌ててそれを追いかける。家から十メートルほど離れた空き地に自転車は止めてあった。三浦はそれに跨がり『乗れよ』と目で合図してくる。

どうしてこんなことに付き合わなくてはならないのか。三浦を友達とも親友とも思いたくないのに。催促《さいそく》する目に抗《あらが》えず、観念して後輪についているステップに足をかけた。


五分も自転車をこがないうちに海へ着いた。堤防に自転車を立てかけて、浜辺に降りる。当たり前だがほかに人はいなくて、黒い波の向こうには漁船の灯がポツポツと見えた。

片足は靴下だけだから歩くと痛い。このあたりの海岸は大きく入り組んでいるのでよくゴミが流れ着く。ゴミが何段にも波の形に似た層になる。あまり綺麗とは言えない。

波打ち際の手前で三浦が座り込み、仕方なく隣に座った。波の音だけが、ザーッ、ザーッと大きく響く。三浦は小指の先ほどの石を拾い上げ、海に向かって放り投げた。

「俺さ、昨日すっげーショックだったんだ。どうしてかお前にわかるか」

唐突に喋りだす。ひょっとして昨日の朝の小野寺との話が三浦の耳に入ってしまったのではと思ったけれど、周りに顔見知りの奴はいなかった。可能性は低い。さっぱりわからないまま、適当に答えてみた。

「同じクラスになれなかったからとか」

三浦はバッと振り返った。その勢いに驚く。でも三浦も同じように驚いた顔をしていた。

「そうだよ。今年は一緒になれると思ってたから、すごく嫌だった。マジ小野寺と代わりたい。けどしょうがないよな。俺らで決められないんだから」

しんみりそう口にする。

「それで思ったんだけどさ、高校はどこ受験するんだ」

ドキリとしたが、よく考えたらこれはいい機会だ。いつか必ず聞かれる日は来る。それは今でもいい。

「鷺沼高校に行こうかと思ってる」

「鷺沼って……お前、あそこは市内の進学校じゃないか。何考えてんだよ」

三浦は声を荒らげる。家の中で話をしなくて正解だった。

「決めたんだ。あそこだとレベルが高いし、僕は行きたい大学があるから」

弱い月の光の中でもはっきりと表情は見える。クラスが一緒になれなかっただけでも文句を言っていた三浦が、絶望的な顔をしても当然かもしれない。鷺沼は三浦の頭を三つぐらい足しても合格できないだろう。だからわざわざ選んだ。

「あそこは私立で授業料も高いし、お前が出てったらおばさんが一人になっちゃうじゃないか」

寂しいのはお前だろう。人の手首をつかんで、苛立ちをぶつけるように強く揺さぶる三浦を横目に見ながら、そっと目を伏せた。

「鷺沼には奨学金の制度があるんだ。それに奨学金がもらえなくてもお金の心配はしなくてもいいって。あそこは寮があるし、勉強するにはいい環境だって母さんも許してくれた」

「どうしても行くのか、そこでないと駄目なのか」

頷くと、三浦は腕を離しうつむいた。頭を抱えている。三浦が頭の中で何を考えていようとかまわなかったけど、いつまでもこんな寒い浜辺にいたくなくて、わざと大げさにクシャミをしてみせた。三浦が顔を上げる。

「寒いのか」

た。

「ちょっとね」

鼻をすり上げるふりをする。三浦は着ていたカーディガンを脱いで差し出してき

「いい、お前も寒いだろ。もう家に帰ろう」

「着てろよ」

「俺は寒くないから」

手の上にはカーディガンが残り、三浦は小さく震えてTシャツ一枚の肩を抱いた。

「もうちょっと話がしたいんだ。俺さ、今バイトしてるから休み時間とか昼休みぐらいしか時間がないんだ。お前も用があるみたいですれ違いが多いし、ゆっくり話す時間がないだろ」

「バイトなんて校則違反じゃないか」

三浦はフッと笑った。

「親父が小遣いなんてくれると思うか。それどころか生活費だって足りねえんだ。生活費ったって生活保護だから多くねえしな。こっそりバイトでもしなきゃやってけねえよ」

三浦の家は三浦の出産と同時に母親が亡くなり、父親と二人暮らしだった。その父

親も数年前に交通事故がもとで車椅子の生活を余儀なくされている。裕福でないのはわかっていたが三浦がバイトしなくてはいけないほど生活が苦しいとは知らなかった。

手持ちぶさただったカーディガンを背中にかけてやると、三浦は首を傾げた。

「お前、寒くないのか」

「寒くなくなった。それに三浦のほうが寒そうだから」

三浦は泣きそうな顔で笑った。喉がゴクリと鳴る。本当に泣いてしまうかと思ったからだ。

「……俺さ、今から頑張ったら鷺沼高校に行けるかな」

お前が行けるわけない。奇跡が起こったって無理。でもはっきりとは言わない。

「確率がないわけじゃない」

九十九パーセント不可能だと思いながら、可能性を残してやる。

「確率がないわけじゃない、か」

三浦は繰り返した。

「お前が行くなら、俺も行きたいな」

どう足掻《あが》いたって到底無理だ。やめておくほうが身のため。だいたい今までの自分の成績を知ってるのか。後ろから数えたほうが断然早いだろ。それに今なんて言ってた？　生活も苦しいって話してたじゃないか。そんな状態で金がかかる私立に進学できるものか。口にできない言葉が、脳内を走る。

「俺が今から死に物狂いで勉強するって言ったらお前、手伝ってくれる？」

やっても無駄なのに、誰がお前の勉強に手を貸すものか。だけど笑った。いつものことだ。

「手伝うよ」

「ガキみたいだけどさ、お前と離れたくないんだよ。いつか別れることになると思うけど、もっと大人になったら……けど今はまだ……」

三浦は手を伸ばし、人のブルゾンの裾をぎっちりと握りしめた。

「俺がもうちょっと、もうちょっと大人になったら一人でもいられると思うんだ。こんなの自分でも情けない、迷惑かけてるってわかってるけど。こんな夜中に呼び出したりしてさ。でもお前、怒らないから……つい甘えちゃうんだよ、俺。付け上がってるんだ」

それだけ自分のことが理解できているなら、もう少しどうにかしようとは思わないのだろうか。

「……三浦を見てる人は大勢いるよ。ほかの子ともっと仲よくすればいいじゃないか」

三浦は顔を上げた。

「女の子からもよく告白されるんだろ」

「誰に聞いた」

顔つきが変わる。背筋がゾワッとした。小学生の頃に逆戻りした気分になる。眦《まなじり》に潜《ひそ》む凶暴さ。やたら人を殴ってばかりいたあの頃の顔。最近見てなかっただけに恐ろしかった。

「誰って……誰からだったか」

少し吃《ども》った。

「小野寺、あいつか」

そうだと言おうものなら、すぐにでも駆け出して行ってしまいそうだった。小野寺を殴りつけるために。

「……忘れたよ。それに誰が言ってたって関係ないだろう。僕に隠してたのか？　知られて嫌なことじゃないだろう」

「そうだけど……」

三浦は口ごもる。考える暇を与えてはいけない。

「僕はずっと三浦のそばにはいられない。だからもっと僕以外の人とも付き合っておいたほうがいいよ」

小さく舌打ちして、三浦は目を伏せた。

「和也は淡白だから、俺がほかの人間と仲よくしたらそのまま離れていきそうな気がする。いつだって誘うのは俺のほうだろ。時々俺のことなんてどうでもいいんじゃないかって思うことがある」

「僕が明日、死んでしまうってこともないわけじゃないんだよ」

三浦の体がそれとわかるぐらいにビクリと震えた。

「そんな時に、一人だと寂しいだろ」

「お前が長生きすればいいんだ」

「そうしたいけど」

「お前が女だったらよかったんだ」

三浦は大切な友人を睨みつけた。

「そうしたら、もっと簡単に確実に捕まえていられる方法を俺は知ってる」

単純な頭が何を考えているのかよくわかる。口に出すのもおぞましい。たとえ女だったとしてもお前なんか絶対相手にしない。少しぐらい恰好がよくなったたって、背が高くたって、子供の時のお前のイメージが抜けることはきっと一生ない。小野寺はこいつの性格が丸くなったと言うけど、そうは思わない。三浦の本性なんて一皮剝《む》けばこんなものだ。

どんなに体が大きくなっても、安っぽい独占欲はそのままだ。馬鹿な奴。人がどんな言葉を嫌がるか、本当はどう思っているか全然わかっていない。どこまでも鈍感な男だ。

「帰らないか、もう」

「そうだな」

三浦はのそりと立ち上がった。東の空は闇の暗さが少し和らぎはじめている。

「付き合わせて、悪かったな」

腰についた砂を払いながら三浦は呟いた。

「気にしてないよ」

軽い調子で返す。いい加減にしろと思うが、こういうこともあと一年限りと期限があるから我慢することができる。

「早く帰ろう、風邪引くよ」

十二年前　春

電車に乗る前から三浦は落ち着きがなかった。座席に座ってもそわそわとして、何度も腰を浮かしては座る位置をずらしている。見ているこっちの腰がむず痒《がゆ》くなりそうだ。何度も受験票を取り出しては番号を睨みつける。そんな様子を見かねて、小野寺が声をあげた。

「焦《あせ》るのはわかるけどさ、もうちょっとじっとしてろよ」

「うるさいっ。黙れっ」

三浦は小野寺を怒鳴りつけた。

「俺は本気なんだぞ。本気でやったんだ。今日で俺のこれから先三年が決まるんだ」

とっくに決まっていると思うけど……心の中で呟く。三浦はこの一年努力した。成績もなんとか中のやや上ぐらいにまで上がり教師も目を丸くして驚いていた。正直ここまでやるとは誰も思ってなかった。

それでも限界がある。三浦はやっぱりというか当然というか、模擬試験で第一志望は一度も合格圏内に入れなかった。先生も三浦の努力は認めても、最後には「でもなあ」と困ったように首を傾げた。いくらなんでも望みが高すぎる。受かるわけがない。

「三浦」

名前を呼ぶと、振り返った。

「お前はよく頑張ったよ」

三浦は強ばった顔で少しだけ笑った。

「そうだ、頑張ったんだよな。最初から駄目もとだったんだ。悔いはない」

そう、これで全てが最後。嬉しくて、ホッとして……うつむいて誰にもわからないようにしてから、クスリと笑った。

鷺沼高校へ着いた時間は少し早かったらしく、校舎の玄関口にある木製のボードには合格者の番号を記した紙はまだ貼られていなかった。

発表を見に来た生徒やその家族で、玄関口はもう混雑しはじめている。そう待つことなく高校の職員らしき男の人が丸められた紙を片手に玄関から出てきた。ボードの前はにわかに騒がしくなり、人が集まってくる。三浦は真っ先に駆け寄っていく。

担任は大丈夫だと言ってくれたし、テストを受けた時の感触もよかった。それでも何か間違いがあったら……不安になり、今朝方母親が持たせてくれたお守りを、コートのポケットの中でしっかりと握りしめた。

自分の番号を見つけた時、嬉しいよりも安心していた。隣に立つ小野寺の顔を見ると、下手なウインクをしてきた。二人とも合格だ。

「やったな」

お互い笑い合う。

「けど三浦の番号はないみたいだ」

小野寺は爪先立ってボードを覗き込む。自分の番号を確かめてすぐに三浦の番号も見たけれどなかった。当然と思いつつようやく……のため息をつく。三浦は何度も何度も自分の番号と掲示された紙を見比べていた。

受験番号は三浦の前の番号は書かれていたが、次は三浦の三つあとの番号になっている。

「落ちた」

ぼそりと呟き、三浦はそこに立ち尽くした。本当に受かる気でいたのか、おこがましい。身のほど知らずもいいところだ。でもこういう場合、「親友」として慰《なぐさ》めないわけにはいかない。優しいふりもあと少しだけだ。ボードの前から動かない三浦へゆっくりと近づいた。

「残念だったね。だけどすごく頑張ってた。それは僕が一番よく知ってるから」

「……うん」

手のひらで目尻を拭う三浦の肩を、そっと抱く。すると三浦は力いっぱい抱きついてきて、肩口に顔を押しつけてきた。丸くなる背中を軽く叩いてやりながらあたりをうかがうと、周りも泣いている人間や笑っている人間であふれ返っていた。乱暴に肩をつかまれて振り返る。そこには小野寺の顔があった。呆気にとられたような、奇妙な表情をしていた。

「あそこ、見てみろよ」

「どっか行けっ」

三浦は人の肩に顔を埋めたまま、低く唸った。小野寺は肩をつかんで離さず、口を半開きにしたまま続けた。

「あそこに三浦の番号があるんだ」

「なかったじゃねえか！」

三浦は嚙《か》みつく勢いで怒鳴りつける。

「向こうに補欠合格の掲示があるんだ。三浦の番号って一一二九だったよな」

「嘘……だろ」

呟いたのは誰の声か。三浦は何も言わずに親友の手を取り、しっかりと指先を握りしめてきた。

「見てくる」

三浦は補欠合格の掲示板まで走った。その場に立ち尽くし、三浦の背中を見ていると、小野寺の気が抜けた呟きが聞こえた。

「鷺沼は毎年二十人前後補欠を取るし、三浦の番号は補欠でもかなり上のほうにあったから、多分入学できるんじゃないか。驚いたなあ。まさに努力は報《むく》われるってヤツだ」

嘘だと言ってくれ。こんなことがあっていいはずがない。小野寺は無言で頬を引きつらせる友人の顔を覗き込んだ。

「和也？」

「……最悪だ。最低最悪だよ」

掲示板の前で奇声をあげた三浦は、ものすごい勢いで戻ってきた。そして人目もはばからず大げさに抱きついてきた。

「あった、あった。確かにあった。補欠だけどここに入れる。またお前と一緒にいられるんだ」

目眩《めまい》がした。それに三浦の体重がかぶさってみっともなく尻餅《しりもち》をつく。それでも三浦は抱く腕を緩めなかった。

「夢みたいだ、本当に夢みたいだ。受かった。受かったんだ」

親友の様子がおかしいことに三浦が気がついたのは、少し時間が経《た》ってからだった。

「和也、どうしたんだ」

力を丸ごと引き抜かれたように脱力していても、まだかろうじて嘘をつけるだけの微力は残っていた。

「ああ、嬉しくて驚いてなんだか気が抜けたよ」

その言葉を三浦は微塵《みじん》も疑いはしなかった。

どうやって部屋に帰り着いたのか覚えていない。確か合格祝いだとか言って駅前のマクドナルドに入った。三浦はやたらとはしゃいでいて、浮かれた声に苛々《いらいら》とさせられた。小野寺は不機嫌、そして上機嫌な二人の友人の間で曖昧な顔で笑っていた。

気がつけば部屋で一人、ベッドの上に腰掛けてぼんやりとしていた。やっぱり三浦と一緒に鷺沼高校に通うことになるんだろうか。寮に入るといえばあいつもついてくるだろうか。そうなれば寝食をともにするという、今よりももっと最悪な状況が待ちかまえている。

目の前が真っ暗になった。今からでもいいからほかの高校に行こうか。でも鷺沼よりもランクが下の高校は三浦も受かっている。そっちへ行くと言えばあいつもついてくるだろう。

頭を抱えてベッドに突っ伏す。どうやって三浦から離れようか考えてみるけど、いい案は浮かんでこない。自分自身の問題につかり込んでいたせいで、下で伯母と母がひどい口論をしていることを、知っていながら気に留めてなかった。階下が静かになり、少し時間を置いて部屋をノックする音が聞こえた。返事はしない。するだけの気力もない。母親は遠慮がちにドアを開け、部屋の中が暗いことに驚いて電灯のスイッチを押した。

「どうしたのよ。気分でも悪いの？」

「少し……」

母親は子供の横に腰を掛けた。

「鷺沼に合格、おめでとう。あんなに頑張ってたんだもの、よかったわね。それに三浦くんも鷺沼に受かったんでしょう。向こうで寮に入っても寂しくないわね」

寂しくないどころか目障《めざわ》りだ。鬱陶《うっとう》しい。嫌だ、嫌だ。

「和也、お母さんの話を聞いてくれる」

神妙な母親の声に、顔を上げる。

「少し前から考えていたことなの。お母さんね、再婚しようと思う」

突然のことに驚いて目を見開いた。

「今度和也にも会ってもらいたい。相手の人は杉本尚文《なおふみ》さんといって、市内にある料亭の社長さんなの。少し歳は取ってるけど優しくていい人よ。早くに奥さんを亡くされて、子供もいないんですって。私と和也さえよければすぐにでも家に来てほしいって言ってる。だけど杉本さん、春には料亭の本館がある関西に戻るんですって。母さんはついていきたい。和也にも一緒に来てほしいけど、あんなに頑張って勉強して鷺沼に合格したんだから、ここに残って鷺沼に通ってもいいと思う。それは和也が決めてちょうだい」

再婚の話など初めて聞く。心を落ち着けようと何度も深呼吸した。そうしないと母親の言うことをきちんと理解できそうになかったからだ。

母親は「だけど……」と小さく息をついた。

「姉さんは反対なの。いくら何でも年寄りすぎるって。でも私はそんなこと気にしない。和也もきっといい人だってわかってくれると思ってる」

母親は再婚して関西に行くのだろうか。それについていったらここから出ていけるだろうか。三浦からちゃんとした「理由」を持って離れていけるだろうか。

「僕も、関西に行く」

「でも和也、本当にそれでいいの」

「僕は母さんと一緒に行く」

母親の再婚相手が年寄りでも、どんな男か知らなくてもこの際文句を言っていられない。

『三浦から離れたい』

そのことしか考えていなかった。

卒業式にまだ桜は咲いていなかった。三浦に気づかれないようにこっそりと、校舎裏の薄暗い場所、わざわざ人けのないところに小野寺を呼び出した。

「なんの用だ、もうすぐ式が始まるぞ」

小野寺は首を傾げている。

「これを」

紙切れを差し出した。

「なんだ、これ」

「母親が再婚して関西に行くんだ。僕もついてかないといけなくて。それは新しい住所と電話番号だから」

話を聞いたとたん小野寺は目を大きく見開いた。

「嘘だろ！　鷺沼はどうするんだよ」

「行かない。仕方ないだろ」

あっさりとそう言った。

「その住所は誰にも教えないでほしいんだ。特に三浦」

「そんな……」

小野寺は垂れ目が更に下がり、情けない顔になった。

「聞かれたら知らないと言っといてほしい。それがお互いに一番いいんだ」

小野寺は何度も「そんな」と繰り返し、そして悲しそうな目のまま息をついた。

「わかったよ。三浦には教えない。でも……和也、本当にそれでいいのか」

「いいよ」

二人とも何も言わないまま、じわっとうつむいてしまった。小野寺は小学校から中学と一番近くにいた友達だ。そんなことを考えていると不意に昔のことを思い出して、懐かしく悲しくなった。

「三浦はどうでもいいけど、小野寺と別れるのは寂しいよ。僕は小野寺が一番の親友だと思ってたから」

「馬鹿野郎、俺もだよ」

小野寺が右手を差し出した。その手を強く握り返す。胸がじんとして涙が込み上げてくる。今日が卒業式で本当によかった。目が赤くてもきっと誰も変に思わないだろうから。

卒業式の次の日、母親と母親の再婚相手と一緒に、逃げるようにして六年間過ごした村を後にした。

待ち合わせは私鉄の終点だった。寂れた駅の改札を抜けると、切符売り場の前に人影があった。懐かしい顔が自分を見つけたとたん笑顔になり、手を振った。負けずに勢いよく片手を上げる。

「よく来たな」

小野寺は駆け寄ってくると、懐かしそうに肩を叩いてきた。

「どうだ、久々の故郷は」

返答に困り、肩をすくめる。

「何も変わってないよ。気味が悪いぐらいだ」

「そんなものかな。あそこの駐車場に車を停《と》めてるんだ」

二人で肩を並べて駐車場までゆっくり歩いた。

「そうだ、昼は食べてるか？　まだならその辺の店に入るけど」

「乗り換えの駅ですませたよ」

「そうか、じゃ先に病院へ行くか。車で四十分くらいかかるんだ」

「そんなに遠いのか」

長い時間電車に乗ったのに今度は車。時間を聞いただけでうんざりする。小野寺は苦笑いした。

「総合病院ってのがこっちは少ないからな」

休日にもかかわらず、午前中に仕事があったとかで小野寺はスーツ姿だった。昔は窮屈だとあんなに嫌がっていたスーツも歳相応、様《さま》になっている。視線に気がついたのか、小野寺は車に乗り込むなり眉間《みけん》に皺《しわ》を寄せた。

「なに人の顔をジロジロ見てるんだよ。まさか歳食ったなあとか思ってんじゃないだろうな」

「違うよ、懐かしいからさ。お前はあまり変わってないよ」

「そうか？　おい、シートベルトはしてくれよ」

ハイハイと小さく笑いながら、役所勤めの仰《おお》せの通りシートベルトを締めた。

「お前も役所の人間らしくなったよなあ。その地味なネクタイまではまりすぎて言葉も出ないよ」

小野寺は小さく舌打ちした。

「やっぱこれいまいちだよな。彼女の趣味なんだけど、使ってないと機嫌悪くなるからさ。面倒臭くてかなわんわ」

　彼女のことを性格が悪い、わがままだと散々文句を言っているくせに小野寺は結局、惚《ほ》れきってる気がする。

「今度紹介しろよ」

「いいけど、本人の前でネクタイの趣味がいまいちって言ってたなんてバラすなよ」

「わかってるって」

　やっぱり小野寺と話していると楽しい。これから先の憂鬱《ゆううつ》を考えるとよけいにそう思う。見慣れない景色の中を車は走っていく。

「こんな海岸沿いに病院なんてあったか？」

「去年かな、新しくできたんだ」

　会話も途切れて、なんとなく車の外の景色に視線を移した。

「会う前に三浦について少し話しておいたほうがいいと思う。ここ何年かで事情も変わったしな」

　小野寺は片手で煙草に火をつけた。自分の吸ってる煙草とは違う銘柄なのか、青草のような匂いが鼻につく。

「まず、あいつは今一人ってことだ。二十一の時に結婚したけど二年もしないうちに離婚してる。その後も何人か付き合ってたけど、誰とも長続きしてない。今は特定の彼女はいないみたいだな」

結婚していたことに驚いた。大学生になったばかりの頃、小野寺に三浦の話は一切聞きたくないと宣言した。約束を守った小野寺は、何一つ話さなかった。今こうやって自然に三浦の話をするということは、三浦にもうそれほどこだわってないと思われているんだろう。

「鷺沼高校に合格して、俺と一緒に通ってたけど二年で中退してる」

小野寺はこちらの顔色をうかがうように首を傾けた。

「理由を聞きたいか」

「どうでもいいよ」

「じゃあ、話す。きっかけは、あいつの親父さんが死んだことだった」

その事実から予測されることといえば……。

「授業料が、金が続かなくなったんだな」

小野寺は首を横に振った。

「あいつが高校に進学して寮に入ってから、あいつの親父さんは家で一人で暮らしてたんだ。たまに叔母さんて人が見に来てたみたいだけどな。夏休み前の土曜日だったな、俺が三浦と映画にでも行こうって話をしてたら、あいつに呼び出しがかかったんだ。面倒くさがってたけど、とにかく俺は急いで職員室に行かせた。その晩三浦は寮に帰ってこなかった。

三浦の親父さんが死んだって聞いたのは次の日だった。三浦の親父さんは何かの拍子に家の箪笥をひっくり返しちまったらしいんだ。それで車椅子ごと下敷きになって、そのまま死んだ。死因が餓死《がし》か、それとも挟まった時の傷口のせいかわからないけどそのままの状態で二、三日は生きてたらしい。

発見された時は死んでから一週間以上経ってて……夏だったからな、腐りかけてた。死体が発見されたのも近所の家から『変な臭いがする』って通報があったからだった。あいつは可哀相なほど落ち込んでたよ。俺さえ市内の高校に行かなきゃこんなことにはならなかったのにってな」

心臓の音が大きくなる。指先の血管に血が流れているのがよくわかる。小野寺に責められている。でなければこんな話はしないだろう。話を聞かされた人が罪悪感を覚えるようなこんな話は。小野寺は短くなった煙草を灰皿に押しつけた。

「葬式が終わってからもあいつは高校に戻ってこなくて、働くって言い出したんだ。あんなに苦労して入った高校なのにあっさりやめるってさ。俺は必死で説得した。学校の学費はあいつの叔母さんが面倒見てくれることになってたんだ。あいつはすごく頑張ってたから、その気になれば奨学金だって受けられた」

三浦に会うまでに自分の中で地獄を見そうだった。小野寺の話は震える心臓に一本、一本、巧妙に針を突き刺してゆく。

「何度説得しても三浦の意志が固くて、最後に折れたのは俺達のほうだった。最後だから『何か欲しいものはないか』って聞いた時、三浦は『欲しいものはないけど、知りたいことならある』って言ったんだ。俺が『なんだ』って聞いたら『和也の居場所』ってな。正直ドキリとした。てっきりお前と連絡を取り合ってるのを知られてたんだと思った。俺の部屋に来た時にお前から来た荷物か何か見つけたんじゃないだろうかってね。

俺はその場で、ノートにお前の住所を書いた。あいつは俺の手許をじっと見て聞いたんだ。『それはなんだ』って。俺が『和也の住所だ』と言ってノートを破って渡したら、あいつものすごい形相《ぎょうそう》で『どうしてお前が知ってるんだ』って怒鳴ったんだ。いきなり俺の胸ぐらをつかんで殴り飛ばすしさ。その時に前歯が欠けたんだぜ。あいつ容赦なくてさ。さすがにまずったと思ったよ。三浦は本当に何も知らなかったんだって、その時に気がついた」

小野寺は呑気にこの歯なんだぞ、と綺麗に治して痕跡のない前歯を指の先でつついた。

「怒りもするだろうな。今まで散々知らないって言ってたのに、ある日突然知ってるって手のひら返しだ。あいつはお前がいなくなった時に、必死で行き先を探してた。でもその時の俺は殴られるわ痛いわで動揺してて、つい余計なことまで言っちまったんだ。『和也が教えないでくれって言ったんだ』って。

あいつが立ち止まった隙に俺は逃げ出した。住所もそのまま残してな。その日のうちに三浦は寮を出てった。次に会ったのは就職してからだ。地元だし、嫌でも見かけるんだよな。不思議なもので、俺の顔を見た時にあいつは何もなかったみたいに、普通に声をかけてきたんだ。俺も自然にあいつに答えてた。それから、たびたび一緒に飲んだけど、俺達の間にお前の話題は一切出なかったよ」

気分が悪くなる。青い顔に気がついたのか、小野寺は「大丈夫か？」と慌てて車を道の端に止めた。車を飛び出してガードレール沿いの草むらの中に吐く。昼に食べたものはすべて出た。

「悪い、気がつかなかった。お前が車に弱いなんて知らなくてさ」

何度か咳き込む。小野寺はそっと背中をさすってくれる。口の中に胃液の苦さがじわりと広がった。目尻に涙が浮かぶ。

「もうちょっとなんだけどな。あそこに見えてる白い建物がそうなんだ」

「少し休んでいいか」

「ああ」

助手席のシートに倒れ込み、目を閉じた。頭が混乱する。計画を練《ね》り直さなければいけない。ここに来る道すがら、三浦に会えなかった言い訳を考えてきた。母の再婚が伯母に反対されていたからとか、急だったからとか……。だけどどれも決定的な理由にならない上に、小野寺がすでにばらしてしまっていたという計算外の事実。どうやっても繕《つくろ》いようがない。

小野寺は車のハンドルにもたれかかり、ぼそりと呟いた。

「三浦があの病気になってから、すごく状態の悪い時期があったんだ。本人も目茶苦茶弱気になっててさ。見舞いに行ったんだけど、なんか見てて可哀相になって『何か欲しいものはないか』って聞いたら、あいつは『和也に会いたいな』って言ったんだ」

今さらどうして会いたいなどと言うのだろう。自分がもう少し子供だったらこのまま車を飛び出して逃げ出していた。結局……あの男に非難されるために引きずっていかれているのだ。父親の無残な死の根源として、そして今まで嘘をつき続けたことを責められるために。

「車、出すからな。もう少しだけだから我慢してくれ」

力なく頷いた。目を閉じて、舗装の悪い国道で揺られながら、まだ嘘をつくことができるだろうかと考えている自分の往生際の悪さに苦笑した。そう、嘘をつき続けるのは、いつもたった一つの理由からだった。

『僕は三浦が嫌いです』


海から少し入り組んだ入江の段丘《だんきゅう》に、その建物は立っていた。真っ白で曲線の多い近代的な外観は、病院と言われなければわからない造りになっている。

車から降りると潮の混じった風が顔に吹きつけた。アスファルトの上、白線で仕切られた駐車場は浜から流れてきた砂粒のせいで歩くとザリッと音をたてた。

「すごい風だな」

「ああ、今日は特にひどいな。こんなところに車を置いといたらあっという間に、錆《さ》びつきそうだ」

小野寺は目を細めて呟き、強風に対抗するように煙草に火をつけた。それを横目に見舞いの花を車の後部座席から取り出す。病気の関係で食べるものに制限があるらしいと小野寺に聞いていたから、必然的に花になった。

「病室は三階の三一六号室だ」

「お前は行かないのか」

小野寺は首を横に振った。二人ならと、少しは心強かったのだ。

「ロビーにいるわ。二人でゆっくり話をしろよ」

あんな男と何を話せばいい？　あいつの口を伝って出る言葉は恨み言に決まっている。でも一緒にいるのが我慢できないからついてきてほしいとは、そんな風には言えない。三浦にはもう、なんのこだわりも持ってないふりをしているのだから。

「そうかな？　賑《にぎ》やかなほうが喜ぶんじゃないのか」

別の言葉で誤魔化《ごまか》した。

「三浦はお前に会いたいって言ったんだ。お前だけに話したいこともあるんだと思うよ。今日行くってこともう話してあるからきっと待ってるはずだ。早く行ってやれ」

小野寺は言葉で背中を押してくる。何が、年月は人を変えるだ。自分は何一つ変わらなかった。胸の中で渦巻《うずま》く三浦への感情は何一つ……。小野寺は手を振った。そう、少し世間話をしてすぐに帰ればいい。そしたらもう二度と会わなくていい。ゆっくりと歩き出した。少しの辛抱《しんぼう》だから。ほんの十分か十五分我慢すればいい。そうすればあの関係を完全に終わらせることができる……多分、きっと。

三一六号室は四人部屋だった。部屋の前で立ち止まりネームプレートを確認する。上から二番目に三浦の名前があった。

十二年ぶりになる。最初の言葉は「こんにちは」でいいだろうか。それとも「久しぶり」にするか。どうでもいいことにかこつけて、戸口の前、なかなか入ることができないでいた。

「どなたの見舞いですか」

慌てて戸口から離れた。

「すみません、先にどうぞ」

声をかけたのは若い男だった。前髪の短い、痩せた背の高い男だ。脇に寄っても、男はなかなか中に入っていこうとはしない。見舞客の顔をじっと見て、そして優しげに笑った。

「お前、和也だろ」

名前の呼び方に聞き覚えがあった。こいつが三浦なのか。記憶の中で奴はこんな顔をしていただろうか。

「俺だよ、三浦恵一。わからんのも無理ないか、十二年ぶりになるからな。俺はそんなに変わったか」

雰囲気から物腰まで記憶していた三浦とはまったくといっていいほど異なっている。そこに立っているのは記憶にある十五歳の三浦ではなく、自分の知らない十二年を過ごした三浦だった。

何も言えずに立ち尽くしていると、三浦は苦笑いした。

「そんなに驚いたのか。俺はすぐにわかったよ。だから声をかけた。お前全然変わってないな」

「そう、かな」

声を絞り出す。頭の中が混乱してろくに返事もできない。そんな状態の相手に、三浦は頭を掻いた。

「廊下から出たとこに中庭があるんだ。そこまで行こうか。病室の中は寝てる人がいるから話ができないんだ」

三浦は先を歩いた。病院のものであろう寝巻は背の高い男には裾が短くて滑稽《こっけい》だった。廊下ですれ違う看護師や知り合いらしい患者に三浦は気軽に声をかける。まるで雰囲気の違う三浦恵一を相手にしなくてはいけなくなり、戸惑いを隠せない。四方をガラス張りの廊下に囲まれた中庭に風はなく、中央には小さな噴水がありそれを取り囲むようにしてベンチがある。その一つに三浦は腰掛けた。

突っ立ったままの見舞客にも、座れよ、と声をかける。とりあえず見舞いの花を差し出した。何でもいいと適当に買った花に、三浦はとても嬉しそうな顔をした。

「小野寺に頼んだ時には、本当にお前が来るなんて思わなかったよ。半信半疑だったんだ。そしたら昨日いきなり『明日行くから』って電話があって驚いた。慌ててその日のうちにボサボサだった髪もカットしたんだけど、そいつが悪かったかな。お前、俺がわからなかったもんな」

記憶から三浦の姿を消去していた。自分の中には三浦という名前だけが、嫌なものとしてずっと残っていた。

「今、教師の仕事してるって聞いたぞ。どうだ、今時の学生は。生意気で手がつけられないんじゃないか」

この男と普通に世間話をしているのが、なんとも奇妙だった。

「そうでもないよ、進学校でわりと皆おとなしいから」

穏やかな空気の中、怯《おび》えていた。いつ三浦の口から自分を非難する言葉が飛び出すのか。いつその衝撃が来てもいいように全身で身がまえた。

「俺さ、結局高校を中退したんだ。お前や小野寺にもすっごく勉強みてもらって、迷惑かけたのに、申し訳なかったよ」

「どうして高校を辞めたんだ」

「ん……まあ、俺に合ってなかったってことかな。でも辞めてよかったよ。勉強嫌いだったし、体動かしてるほうが性《しょう》に合ってたしな」

父親の話題は出てこなかった。中退に関連させて言われると思っていたのに何も言わない。わざとそのことを避けているような節がある。もしかして……気を使われているんだろうか。

「親父さんは元気か」

自分から深みに足を踏み入れた。三浦の表情がかげったのは一瞬だった。

「ああ、お前は知らなかったんだな。親父さ、死んだんだよ。事故でな」

確かに事故だろう。間違いじゃない。小野寺に話を聞いておいてよかった。なぜなら、そうでなかったら三浦の心など知ることはできなかったから。奴は確かに気を使っている。こちらが三浦に気を使うのではなく……前とまったく逆の立場。それは非難の言葉を浴びせかけられるよりも数倍、神経を逆撫でしてきた。

「引っ越した時に、住所を知らせなくて悪かったね。あの時は……」

「その話はナシにしようや」

パチリと遮り、三浦は笑った。

「お互いにナシでいいだろ。それより別の話をしよう。お前さあ田中を覚えてるか。ほら、小学校で一緒だっただろ。あいつ今何してると思う。地元のテレビ局のアナウンサーやってるんだぜ。昔からよく喋る女だとは思ってたけど、まあ天職ってヤツだろうな。夕方六時のニュース見てみろよ。あの気の強い女がさ、すまして喋ってるとこなんておかしくてたまらないぜ」

この男の考えていることがわからない。三浦は首を傾げた。

「さっきから何も言わないな。俺が喋ってばかりだ。お前は昔からそう話すほうじゃなかったが、気分でも悪いか。それとも時間がないのか。なら引き止めても悪いけど」

余計なことは話しても、三浦は肝心なことは何一つ口にしない。でも、避けているその部分が一番重要なことだった。自分の中では。自分自身の中だけでは。

不意に顎を摑まれた。乱暴に扱われて驚く。三浦は正面から顔を覗き込んで、人の頰を摘《つま》んだ。子供みたいな仕種。三浦に摘まれた頰は、ひしゃげたもちのようになったはずだった。

「変な顔」

三浦はそう言い、にやっと笑った。

「痛いって言えば」

何も言えなかった。頰は確かに痛かった。でも、何も言えない。三浦の手を振り払った。涙が握りしめた手の甲に落ちる。ズボンの膝許に落ちる。一度あふれた涙は止まることがなかった。

三浦は見ていた。何も言わず、ただ泣き続ける友人をじっと見ていた。

嫌な奴

悪い夢を見ているようだった。

小さなアパートに住んでいる。鉄筋四階建ての二階、部屋は六畳で二畳ほどのキッチンがついている。少し狭いけど一人で住むには申し分ない広さだ。近くに駅も、少し歩けば商店街もあって、とても便利な場所にある。自分のための居心地《いごこち》のいい空間。それが最近侵食《しんしょく》されつつある。部屋の隅を陣取る一人の男のせいで。男は二十七歳で無職。背が高く痩《や》せている。粗雑で乱暴者。加えて厄介《やっかい》なことに体が弱いときている。だから無下《むげ》にも扱えない。

仕事ですっかり遅くなり、暗い夜道を歩きながら遠くからふと自分の部屋を見上げることがある。今までなら外灯に照らされた部屋の暗い窓枠《まどわく》だけが見えていたが、最近そこに毎夜明かりが灯《とも》るようになっていた。それを見るといつも気分がずしりと重くなる。窓の明かりはあの男がまだ部屋にいることを教えている。

部屋に帰るのが嫌で、カフェで時間を潰《つぶ》したりと何度か寄り道をしたことがある。このコーヒーを飲んでいる間にいなくなってしまわないかと期待して。望みは一度も叶《かな》うことはなく、こんなに嫌なくせに「帰ってくれ」と言えない自分をただ嫌悪する。

「ただいま」

小さく声をかけドアを開く。台所に立つ、エプロンをしたままのあいつが振り返った。

「おかえり、和也《かずや》。メシもすぐできるからな」

「そんな、毎日作ってくれなくてもいいのに」

「いいって、世話になってんだから」

あいつはニコリと笑った。邪気のない笑顔。うんざりする。奥の部屋に入り、ネクタイの結び目を緩《ゆる》めた。そして何げない風を装《よそお》い聞いた。

「仕事、見つかったか」

「んー、今日は探してない」

平気でそんなことを言う。他人に迷惑をかけているのがわかってないんだろうか。

腹が立っても、正面切って怒れない。

「僕はいいけど、いつまでも定職につかないでいるのもよくないよ」

「俺がいると邪魔なのか」

大きなトレイを手に、あいつが入ってくる。顔は笑っているのに目は笑ってない。

心臓がゾクリとする。こんな時のあいつは怖い。昔を知っているだけによけいそう思う。

「いや、別に……そういうわけじゃないんだ……けど……」

語尾がかすれる。

「まあ、いくら俺を邪魔だと思ってもお前は言わないだろうけどさ。おい、そんな怖いものを見るような目で俺を見るなよ。責めてるわけじゃないんだ。明日は探しに行くよ。今日はちょっとだるかったからさ、行くのをやめただけだ。それよりも早く食べようぜ。腹が空《す》いた」

ローテーブルに並べられる食事。あいつは向かいに座って家主が席に着くのを待っている。食事なんて作る必要もないし、先に食べていればいいと何度言っても聞かない。遠慮ではなく食事ぐらい一人で気兼ねなくゆっくりとしたいからだが、少しもわかってくれない。聞かないから、あまり口うるさく言わないことにした。苛立《いらだ》つのも疲れる。

「いただきます」

そう言い三浦は律儀《りちぎ》に両手を合わせる。付き合いで手を合わせた後は、いつもと同じ気詰まりな夕食が始まった。

三浦恵一《けいいち》、奴は腎臓を患《わずら》い入院していたけれど今年の九月、症状が安定して病院を退院した。命に別状はないものの、これから先は弱くなった腎臓の働きをコントロールするために食事や運動が制限されることになった。

それまで三浦は道路工事などを主とする土建会社に勤めていたが、病気の関係上力仕事ができなくなり退職している。

新しい職を探すために三浦は田舎《いなか》を出た。都会なら病気持ちの男でも仕事が見つけられるのではと考えたからだ。そして街で高校の教師をしている幼なじみのアパートに、予告もなしに転がり込んできた。最初に三浦が訪ねてきた時は驚いた。日曜日の昼下がりに不意にドアがノックされ、アパートの管理人か宅配便だろうと思って扉を開けたら奴が立っていた。

「よっ」

笑顔で手土産《てみやげ》だと菓子折りを渡された。てっきり旅行のついでか何かに寄ったのだと思い、玄関に立たせたままも悪いかと部屋に上げた。今思えばそれが間違いだった。以降、三浦は「職探し」を理由に座敷わらしのようにこのアパートの部屋に居ついている。

三浦は小学四年生から中学三年まで同じ学校に通った友人だった。表面上は仲よく付き合いながらも、自分は乱暴で気性の激しい三浦が大嫌いだった。中学を卒業したあと何も言わずにそばからいなくなったことで三浦も気づいたはずなのに、それでもここへやってきて、嫌がられていると知りながら居ついている。それが理解不能だった。普通、嫌われているとわかっている人間のそばにいつまでもいたいとは思わない。自分を嫌っている人の、自分に対する冷ややかな態度を見るのは悲しいしつらい。

三浦を嫌っていると態度には出さないように気をつけているけれど、三浦は自分の言葉の端々《はしばし》にそれらを敏感に嗅《か》ぎ取る。そして、気づきながら平気な顔をするのだ。

食事を始めてからお互いがものを噛《か》む音だけが聞こえる。三浦は食事中にテレビをつけない。前に一度つけたことがあるが、あとからでもいいだろう、と勝手に切られた。

まるで通夜のような沈黙も三浦は平気だ。逆に自分は食事中は何か音がないと落ち着かない。こういうところから生活は徐々に破壊されている。

「今日、学校どうだった」

話しかけられて顔を上げる。少し考えた。

「普段と変わりないよ」

「いつもそう言うな。昨日とまったく同じってことはないだろ。思い出せよ」

話したくもないのに、話を強要されることほど煩《わずら》わしいものはない。

「別に……何もなかったよ」

鬱陶《うっとう》しい男を見ずに答えた。

「そんなに俺と話をするのが嫌か」

静かな口調が場に緊張感を生む。三浦はテーブルの上に乗り出して、顔を覗《のぞ》き込んでくる。平静を装ってテーブルの中央にある漬物に箸《はし》を伸ばした。

「そんなことは……」

三浦は漬物の皿を引き寄せた。自分の箸は目標を失って宙に浮く。三浦はにやっと笑った。

「答えろよ」

さすがにムッとした表情を隠せず、思わず口を開いた。

「ああ、嫌だね」

言ったあとで「しまった」と思う。それまで人をからかいながらもどこか笑っていた三浦の表情が凍《こお》りついたからだ。

「最初からそう言えばいいじゃないか」

漬物の皿はテーブルの中央に戻される。でももう箸をつける気にはならない。無言の食事は続く。息がつまりそうだった。

眠る時も一人ではなかった。余分の布団《ふとん》など持っていなかったので、必然的に二人で一つの布団に寝ることになった。神経質な質《たち》でもないけれど、人がいると妙に寝つきが悪くなる。三浦が来てから、布団に入り寝つくまでに一、二時間はかかるようになってしまった。

慢性的な睡眠不足に、布団をもう一組買おうかと本気で考えたが、置く場所もなかったし、三浦の滞在を助長しそうでやめた。眠れないから暇つぶしに布団に入ったままで本を読む。今ならどんな長編小説でも読破できる。眠れない人間にとって夜はとてつもなく長い。

気の重い食事が終わり、少しだけネットの動画を見て風呂に入る。そうするともう十一時近くになっていた。三浦が風呂に入っている間に先に布団に入り、いつものごとく分厚い小説を手に取った。最初は眠れず本を読んでいると三浦も頻繁《ひんぱん》に声をかけてきたが、読むのに集中したいと言うとそれ以来、話しかけてこなくなった。

バスルームの水音が消えて、みし、みしと足音が近づいてくる。それを無視する。大きくて細い体が隣に滑り込んでも無視し続けた。本体は無視しても気配はある。触れた肩から湿った体温を感じる。

「なあ、和也」

「なんだ」

三浦はうつぶせになり、両肘《ひじ》だけつく形で読んでいる本を覗き込んできた。

「難しそうだな」

「ロシアの小説家の本だけど、物語だよ」

「ふうん」

三浦はいきなり本を取り上げ、バラバラッと捲《めく》って中を見てから返してきた。中断される苛立ちを我慢し再び続きを読む。そうすると今度は肩先をつついてくる。

「なんだよ、さっきから」

隣を見ずに声をかけた。

「本当言うと俺、仕事したくない。だから真面目《まじめ》に職を探してないんだ」

文字を追う目が止まる。これを無視するわけにはいかない。振り返ると、腹這《はらば》いのまま顎《あご》の下に両手を組んだ三浦がこっちをじっと見ていた。

「どこに就職したって長続きしそうにない。机に座るの嫌いだしな。何より人にとやかく言われるのは性《しょう》に合わない」

「でも働かないと食べていけないだろう」

三浦は何か期待するような眼差《まなざ》しを向けてきた。

「お前さ家政夫を雇《やと》わないか。俺は役に立つだろ。食事も洗濯も家のことは全部やってやるよ」

突拍子《とっぴょうし》もない申し出に、ため息しか出ない。

「冗談も程々にしろよ。自分のことぐらい自分でできるし、教師の分際で家政婦なんて雇ってる奴がいたら見てみたい。職のほうは僕も一緒に探してやるから。仮に家政夫になったとしても、僕が結婚したら即失業じゃないか」

「お前が結婚しなきゃいいんだ」

真顔で三浦は呟《つぶや》く。

「いい加減にしろよ。話してると肩の力が抜ける。いいか、とにかく明日は職を探せよ。それから住むところも」

隣にある顔が強張《こわば》る。至近距離は恐ろしい。相手の考えていることがよくわかる。

三浦はフイッと背を向けた。

「僕の話、聞いてるのか」

三浦は答えない。本を読む気も失せる。分厚い本を閉じ、読書スタンドのスイッチを切った。

「おやすみ」

無言の頭に声をかけて、枕に顔を押しつけた。

「どうせしばらく眠れないくせに」

低く吐き捨てる声。腹が立った。部屋に泊めてやり、就職の世話までしようかと言っている親切な友人に向かっていう言葉か、それが。おまけに慢性的になりつつあるこの睡眠不足の原因の癖に！

「誰かさんのおかげで夜が長くて困るよ」

細い背中に厭味《いやみ》を投げつける。反応はない。これ見よがしのため息をついて、無駄な努力と知りつつきつく目を閉じた。


ようやく寝つけたと思ったら暑さで目が覚めた。九月も終わりだというのに恐ろしく蒸《む》している。夜半過ぎから降り出した雨のせいだろうか。クーラーをかけるのはいいが、そうしたが最後、風邪を引きそうな気がする。しばらく我慢していたが耐えきれず暗闇の中でエアコンのリモコンを鷲摑みにした。クーラーのタイマーをセットする。涼しい風が顔を過ぎ、ようやくもう一度眠れそうな気配が体全体を覆《おお》った時だった。

背中に熱を感じた。長い腕が背中から抱きしめてくる。胸の下で交差された指はゆっくりと腹のあたりを前後する。眠気が飛び去り、喉《のど》がゴクリと鳴った。

「まだ、寝られないのか」

耳許に囁《ささや》く声は低い。

「何……してるんだ」

「少し寒いんだ」

「クーラー切ろうか」

「いい。このほうが気持ちいい」

三浦の腕の力が強くなる。男に抱きつかれて嬉しがる奴がいたら見てみたい。お前はよくてもこっちは嫌なんだよ。思っても言えない。しつこい腕が離れていく気配はなく、仕方がないから三浦が眠ってしまうのをじっと待った。

「こうしてるとさ、母親と一緒に寝てるような気がしないか」

背後の男を母親に当てはめるというおめでたいことなど、できるわけもない。背中越しに声が響く。

「俺がいるからお前は眠れないのか。変だな。それとも変なのは俺か。俺はお前がそばにいるとすごく気持ちよく眠れる」

三浦が眠ったら離れるつもりだったのに、一晩中三浦の腕の中で過ごすことになった。先に眠ってしまったからだ。朝になり、ぼんやりと目を覚まして何時かと時計を見ようとし、やめた。今日は日曜だ。早く起きる必要はない。ほんの二、三時間のつもりだったのにクーラーのタイマーを間違ってしまったらしく、部屋はひんやりと冷たい。冷房を解除にするのも面倒で、「寒い、寒い」と呟きながら近くにある温《ぬく》もりに体を擦《こす》りつけた。

「まだ寝るのか」

「あともう少し……」

話をしているうちに目が覚める。タイマーを間違ったのにも気がつかないはずだ。いつの間にか三浦に正面からしがみついていた。

「ああ、悪い」

動揺に気づかれないように体を離そうとすると、逆に引き寄せられた。

「もう起きるから……離せ」

「寝るんだろう」

離れるのを嫌がってか、何度も引き寄せられる。

「もう目が覚めたから、離せよ」

いい加減に苛々《いらいら》して吐き捨てると、乱暴に布団に押しつけられた。仰向《あおむ》けのまま組み伏せられた恰好《かっこう》というのは体勢が悪い。三浦は間近で見下ろしてくる。

「昨日言い忘れてた。俺は職も家も見つけない。ずっとここにいる」

こんな男に付き合っている暇はない。ふざけた男の肩を強く押し返した。

「それなら今すぐ出ていけ」

寝起きで頭がうまく働かないせいか、婉曲《えんきょく》な言葉を選べなかった。

「出ていくかよ。やっとここまで来たんだ」

三浦の言っていることは無茶苦茶だ。

「ああ、もう」

頭を抱えた。

「ここにいてどうするつもりだ。家政夫して一生過ごすのか。馬鹿らしい。お前は僕の人生を目茶苦茶にするつもりか。少しは人のことも考えろ」

覆いかぶさる影が「不幸」への案内人に見える。三浦は眉をひそめて歪んだ顔で小さく笑った。

「お前だって人のこと引っかき回してるじゃないか」

息が止まる。三浦が睨《にら》みつけてくる。言葉の指す意味は……高校に上がる前に引っ越すことも、その住所も教えなかったことだろうか。難しい高校を受験させて、寮生活にさせて、結果的に父親を一人で死なせてしまったことだろうか。三浦を嫌っていると気づかせてしまったことだろうか……頭の中をぐるぐると回る。思い出がフラッシュバックする。

「お前に会わなきゃ俺はろくでもない奴になってたんだろうな。けどろくでもない奴なりに自分に満足してたかもしれない。でもお前を見つけちまったからな……」

三浦は何か言いかけた。だけどうまく言葉を繋《つな》げないのかため息をつく。

「いっそのこと取り返しがつかないぐらい無茶苦茶にしてやろうか。考えたんだ。お前が眠ってる間にアソコを切り落としたらどうなるだろうってな。女を抱けない男にすれば、お前は結婚なんて考えないだろう」

ゾッとする妄想を口にしながら、フッと笑う。

「それなら俺がそばにいても大丈夫だな」

目眩《めまい》がした。いくら体が弱いといっても三浦のほうが体は一回り大きい。眠ってなくても奴が本気になれば運命に従わざるをえない。想像するだけで怖くて、きつく嚙《か》みしめた歯がカチカチと音をたてた。怯える姿を見て三浦は肩をすくめた。

「冗談だって。ガタガタ震えんなよ。本気でそんなことするわけないだろ。やって一生お前に恨まれるなんて後味《あとあじ》の悪い思いはしたくないからな」

でも……でも……どうしようもなくなったらお前はそうするんだろう。どうしようもない状況というのが今は想像できなくても。震えが止まらなくなった頭を、子供を抱きかかえるように両腕で巻き込み、不思議そうに聞いてくる。

「……前から思ってたんだけどさ、お前は俺を怖がってるよな。どうしてだ？　俺はお前を殴ったり叩いたりした覚えはないぜ。そりゃ小学生の時は多少あったかもしれないけどさ。中学の時もお前だけは一番の友達だったし大切にしてきたつもりだった。お前は一体俺の何を怖がってるんだ？」

顔か、声か、それともこの目つきの悪さか？　的外れな問いに本当にこの男はわかってないんだと思い知らされる。そんなものじゃない。怖いのはそんなものじゃない。殺されるかもしれない。唐突にそう思った。いつか、殺されるかもしれない。自分が永遠に三浦恵一に好意を持てないと知られたその時に。

逃げる、逃げる。もう一緒にいたくない。三浦から逃げることを考える。どうすれば遠くに行けるか、どうすれば話をせずにいられるか。

ずっと一緒にいる、あそこを切り落とすと恐ろしいことを言われた。一緒にいたくなくて中学を卒業した時、親の再婚に便乗して逃げ出した。うまく逃げられたはずなのに、どうして何年も経《た》った今、またこんな風に同じ理由で奴に悩まされないといけないんだろう。

小野寺《おのでら》は三浦が中退した際に引っ越し先である関西の住所を渡したと話していた。もし三浦が連絡を取りたいと思えばそのときにもできたはずだ。

でも奴が追いかけてきたのは、病気で入院した三浦を見舞いに行ったあとから。あの見舞いが転機になってしまったのは確かだけど、三浦に直接聞いたわけではないから何を考えて傍に来たのかはわからない。

休日、一緒にいるのが気詰まりで、煙草を買いに行くと言って表に出て、近所の公園をゆっくりと一周した。天気のいい日で、ベンチに座るも日陰ではなかったから暑さに辟易《へきえき》し、すぐに立ち上がった。角のコンビニで煙草を買い、隣にある不動産屋の前で足を止めた。ぼんやりと空き部屋の広告を眺《なが》める。

逃げなくてはいけない。あの男から逃げないと平穏な生活は望めない。けれど仕事があるからここを離れることはできない。ここにいなくてはならないのなら、三浦がここにいる気ならせめて住む場所だけでも離れてほしい。こんな気苦労もすべてあの男のせいだ。あいつが来たから……不動産屋の店の中から初老の男が窓越しにニコリと微笑《ほほえ》んだ。こうなったら多少強引にでも部屋を決めて、三浦に出ていってもらわないと……こっちの神経がイカれる。

「何してるんだ」

中に入ろうと引き戸に置いた手。計画は未然に失敗に終わる。体が勝手に震え出す。振り返りたくない。顔を見るのが怖い。どうしてここに……いるんだろう。

「部屋を見てるのか」

蚊《か》の鳴くような声で「ああ」と答えた。三浦が肩越しに空き部屋の案内を覗き込むのがわかる。

「今のところは狭いから」

「まあ、確かに男二人が住むには手狭《てぜま》かもな。しかし今時の借家ってのは高いな」

「広告に出てる場所は便利がいいからね。三浦も買い物か」

「別に。お前が帰ってくるのが遅かったから、その辺ぶらぶらしてたんだ」

帰りが遅いというだけで探しに来たのだ。子供でもないのに、どうして息抜きの散歩まで監視されなくてはならないのだろう。三浦は広告を見つめたままチッと舌打ちした。

「貸家も面倒臭いな。いっそのこと家を買ってやろうか」

振り返り、やけくそ気味に笑った。冗談だとわかっていながら、無理して嬉しそうな顔をしてみせる。この男に家を買う金がないのはわかっていた。三浦の父親には障害があり、住んでいたのは掃《は》き溜《だ》めのような汚い家。生活保護で暮らしていた三浦の家に莫大《ばくだい》な財産があるとは思えなかった。

三浦は不思議そうな顔をしながらも、人につられたのか微笑む。だから無理だと知りつつ口にした。

「そうだな、家を買ってくれるのなら一緒に住むのを本格的に考えていいかもな」

まさか本気で買うなんて、誰が思う？

そんな他愛《たわい》もない話をした一週間後だった。仕事からヘトヘトになって帰って来ると、鞄《かばん》も置かせてもらえないまま三浦に連れ出され強引にタクシーへ押し込まれた。どこへ行くと聞いてもにやにや笑うだけで何も答えない。十分ほどで着いた場所は今売り出し中の高層マンションの前だった。嫌な予感がした。三浦はものも言わずに先を歩き、躊躇《ためら》いなくマンションの中に入る。あとについてエレベーターに乗り、着いた先は十階。一〇〇六とプレートのかかる部屋の前で三浦は足を止めた。

「ようこそ」

厳格な顔を造り頭を下げると、三浦は厳《おごそ》かに部屋のドアを開けた。

「入ってもいいのか」

セールスの人もいないのに、こんな売り出し中の家の中に無断で上がり込んでもいいんだろうか。

「かまわねえよ」

「あとで誰かに怒られたりしないか。僕はそんなの嫌だよ」

「ごちゃごちゃうるさい奴だなあ」

肩を突かれ、玄関の中に押し込まれた。仕方がないから靴を脱いでおそるおそる部屋の中に足を踏み入れる。

　入ってすぐに広い玄関があり、幅の広い廊下の向こうには十五畳はありそうなリビングダイニングが続く。南向きの窓にはカーテンがなく、薄紅色《うすべに》の夕日がガラス越しに部屋の中に差し込んでいた。

「奥のほうに個室が三部屋ある」

　三浦の顔は自慢げだ。もしかして……胸騒ぎと動悸が治まらない。

「ここ、どうしたんだ」

「買ったんだよ。お前が言ったんじゃないか。家を買えば一緒に住むのも考えるって。俺はこの通り『家』を買ったんだからお前も約束を守れよ」

　目の前が真っ暗になる。でもそれはイメージのみ。けど許されるなら本当にこのまま倒れたい気分だった。どうしてこんな高級マンションが買えるんだ？　まさか……。

「かっ……金はどうしたんだよ」

　舌を縺《もつ》れさせながら詰め寄る。三浦は眉をひそめた。

「悪いことしたんじゃないだろうな」

　胸許をつかんで揺さぶると、首を傾《かし》げる。

「そんなに俺は信用ないのか」

「そうじゃないけど、おかしいじゃないか。買うなんてそんな大金……」

「言わなきゃ駄目か」

もう頭の中はパニックだ。

「やっぱりわけありの金なんだろ。すぐに契約を取り消すんだ。今ならなんとかなるからっ」

必死になって訴えかけるうちに、三浦の口許が歪《ゆが》んできた。両肩を力を込めて押さえつけられ、それだけで自分は声が出せなくなる。

「聞けよ、話すから。このマンションを買った金は親父が生命保険に入ってたからその支払い分と、叔母さんが死んで俺が相続してた家が耕地整備で道路を広くするのに潰すことになって国に買い上げされたから、その時の金なんだ」

理由がわかった途端、猛烈に腹が立った。当然だろう。

「そんなに金があるんだったら、わざわざ働く必要もないじゃないか。田舎だったら、贅沢《ぜいたく》さえしなきゃ普通に暮らせたのに、何しに僕のところに来たんだよ」

三浦は叱られた子供みたいにうつむいた。

「お前に会いたかったからさ」

嫌われていると知っているだろうに、どうしてまだ会いたいなんて言うのかわからない。もっと自分を好いてくれる人間のところに行けばいい。

「どうして……」

言葉が続かない。三浦は足許を見つめ、そして呟いた。

「お前が……もう一度、前みたいに優しくしてくれないかとそう思ったんだよ」


三浦に急《せ》かされるようにして、新築のマンションに引っ越した。嬉々《きき》としている男の隣で、心にもないことを口走った自分を死ぬほど後悔した。

三浦は下まで荷物を取りに行っていて、いない。前よりも広く綺麗な、まだ何もない部屋の中央でまた考えている。

どうすれば、三浦恵一から逃げることができるのか……と。

四万十川

三叉路《さんさろ》の手前にある空き地に車を乗り入れ、ハンドルに額をつけて杉本和也《すぎもとかずや》は大きなため息をついた。今朝早くマンションを出て、延々六時間も車を運転している。遠いところへ行くのだと覚悟はしていた。予定内の出来事なら我慢できた。気の短いほうじゃない。でも……。

「ここから僕はどっちへ行けばいいんだ。右か、左か。それともボールペンを転がして決めるか」

不機嫌さを隠そうともせずに厭味《いやみ》っぽく呟《つぶや》いた。宵闇《よいやみ》の中、ヘッドライトの向こうに鬱蒼《うっそう》と茂る草むらが陰気に映る。

「そうだな……少し待ってくれよ。この地図がわかりにくいんだ。それに観光名所のくせして標識が少なすぎるんだよ、ここは」

三浦は室内灯をつけた。バサバサと音をたてて地図を広げ、のんびりと眺《なが》める姿を見ているだけで、無性《むしょう》に腹が立ってくる。

「僕に貸してみろ」

乱暴に地図を取り上げハンドルの上に置く。知らずに押してしまったらしく、車のクラクションが鳴り響く甲高《かんだか》い音に、ビクリと背中が震えた。

「何してるの、お前」

馬鹿にしきった声。熱くなる顔を隠してうつむき、地図の上に言葉を吐きかけた。

「行きたいって奴が前もって地理は調べておくのが常識だ。大体、僕はこんな電波も通じないところになんか来たくなかったんだからな。今年の夏は家でのんびり本でも読んで過ごすつもりだったのに……お前が勝手にコテージの申し込みなんかするからだぞ」

自分勝手な男は肩をすくめ、ハイハイとおざなりな返事だ。

「行きたいなら一人で勝手に行けばいいのに『電車は疲れるから嫌』だなんてわがまま言うから僕が連れていく羽目《はめ》になったんだ。少しは感謝してナビゲータぐらいまともに……」

カチリというライターの音に顔を上げると、人の言葉には耳も貸さず、男は窓の外に視線を向けたまま煙草をくわえている。頭がカッとしてその唇から煙草を抜き取り、これ見よがしにグリグリと灰皿に押しつけた。

「煙草は禁止されてたよな。もっと体を壊したいのか。これ以上僕の仕事を増やすんじゃない」

「……お前がギャーギャーうるさいからさ」

面倒臭そうに呟き、小馬鹿にした目で人を睨《にら》みつける。横柄《おうへい》な態度といい、生意気な視線といい何もかも人を不愉快にさせる。取り上げた地図を二つ折りにして奴の鼻先に突きつけた。

「何はともあれ、めでたくナビにも載ってない道に迷い込んだのはお前のせいだ。責任を取れ」

男は地図を受け取ると、最初に走った高速道路から国道へと地図上の道順に沿って目的地まで指先でゆっくりと辿《たど》りはじめた。大阪から始まり、阪神《はんしん》高速に乗って、亀の歩みのようなスピードで指先は兵庫県を通り過ぎる。

「瀬戸《せと》大橋《おおはし》は渡れたか」

「まだだ。そう急《せ》かすな」

厭味すら理解できない男に呆《あき》れ果て、運転席のシートに深く腰を沈めた。

「四万十川《しまんとがわ》？」

若草色の葉桜が眩《まぶ》しい五月の初め、リビングにあるソファで小説を読んでいると、同居人である三浦恵一《みうらけいいち》が、四国の四万十川に行きたいと言い出した。

「四万十川か」

三浦が旅行の話をしたことに驚きながらも「いいんじゃないか」と頷《うなず》いた。

三浦の３ＬＤＫのマンションで同居を始めてから八ヵ月になるが、買い物以外で表に出るのを見たことがなかった。自分も必要以上に出歩くタイプではないので暇な休みの日など一日中顔を突き合わせていることも多い。頼みもしないのに料理洗濯を楽しげにこなすハウスキーパー気取りの男が目障《めざわ》りだと思ったのも、一度や二度じゃない。だけどどうすることもできない。ここは三浦の持ち物で、居候《いそうろう》しているのは自分のほうだ。

嫌なら出ていけばいいだけの話だが、些細《ささい》な約束が足かせになって行動に移せない。三浦が家を買う条件が、自分がここに同居するということだったから。身から出た錆《さび》だと思って我慢しているけど、三浦の献身《けんしん》が鬱陶《うっとう》しくて息苦しくてたまらなくなる時がある。

家にこもりがちな三浦に、そばにいてもらいたくないこともあり「たまには表に出てみれば」と勧《すす》めてみても、そうだなと笑うだけで一向に出歩く気配を見せなかった。そんな出無精《でぶしょう》の男が自発的に遊びに行きたいと言い出したのだ。もちろん反対する気はなかった。

「行って楽しんでおいで」

三浦は目を見開いて、小さく肩をすくめた。

「何言ってるんだ、お前も行くんだよ。八月は暇だろうが」

「えっ？」

「八月の三、四、五日とコテージの予約をしたからな、空けとけよ」

思わずソファから立ち上がっていた。

「空けとけって、もしかして僕も行かなきゃならないのか」

取り繕《つくろ》う間もなく「行きたくない」という本音が言葉に混じる。

「当たり前だろうが。あの四国の山の中まで俺一人電車で行けっていうのか。俺は病《や》み上がりの人間だぜ。少しは優しくしてくれよ」

言葉に詰まる。言い返せない。成り行き、強引とも思える形で一緒に暮らしはじめてから、前のように三浦に遠慮しなくなっていた。そんなことをしていたらやっていけない、というのが本音。三浦はどこまでも図に乗るし、まともに付き合っていたらストレスがたまる。

でも病気のことを持ち出されると分《ぶ》が悪い。自分のせいじゃない。わかっていても何も言えなくなってしまう。三浦は七ヵ月前まで病院に入院していた。慢性疾患《しっかん》で完治することが難しい、そんな病気にかかった三浦は、症状がそれ以上悪化しないように一生、自己管理を続けていかなくてはならない。激しい運動や過労を避け、栄養のあるものを取って……体が弱いことを楯《たて》にして奴は脅迫《きょうはく》してくる。了承の言葉を待つ少しつり上がった目尻。だけど約束なんてしたくない。首を縦に振りでもしたら、本当に二人で旅行に行かなくてはならなくなる。

今までの話はなかったふりで、何げなくテーブルに置いた本を手に取った。返事を忘れたふりをする。無視しても視線の気配はなくならないし、それが気になってたまらない。相手の小さなため息が耳に響いた。

「約束だからな」

視線の歩き去る気配。存在の残り香にたまらなく苦々しい気分になった。

絶対に違うと思って逸《そ》れた舗装をしてなかったあの道が国道で、迷って、喧嘩してようやくコテージに辿り着いたのは午後八時過ぎだった。事務所で受付をすませ、鍵を受け取る。受付をしてくれたおじいさんは、道が悪いからあのあたりはよく迷う人がいるんですよ、と慰めてくれた。

案内された『05』と記《しる》されたコテージは、川から離れた南側に面した平地にあり、丸太造りで、中に入るとふわりと木の香りがした。十畳ほどの広さがあり、入り口に小さなユニット・バスと二畳ほどのキッチンがついていて簡単な料理なら作ることができる。部屋の手前にはシンプルな木製のテーブルと椅子、奥には木製のシングルベッドが二つ、隣り合わせに置かれていた。そっけないほど簡素なイメージの部屋。荷物をクロゼットの中に放り込みながら独《ひと》り言《ごと》のように呟いていた。

「ネットがつながらないってのは知ってたけど、テレビもないんだな」

「当たり前だろ。ここまで来てそんなもの必要ない」

ないから不満だというわけじゃない。単に言ってみただけだろ、と心の中で反論する。三浦は右側のベッドを自分のテリトリーと決めたのか、シャツのままで寝転がった。

　気持ちよさそうに目を閉じ、猫のようにシーツに顔を押しつける。そのまま動かなくなったから寝たのかと思っていたら、不意に立ち上がり窓を開けた。

「冷房を入れてるんだぞ」

　咎《とが》めると三浦は冷房のスイッチを切った。ファンというかすかな音のあとエアコンの作動音が消える。

「冷房なんかなくても十分に涼しいじゃないか。こっちに来いよ、和也」

　犬を呼ぶように手招きされる。そんな些細な仕種《しぐさ》に腹が立つ。それまで散々喧嘩していたせいかもしれない。だから無視して鞄《かばん》の中の荷物を片付けた。

「来いよ。聞こえてるんだろ。俺に腹を立ててるのはわかるけど我慢しろよ。我慢はお前の専売特許だろ」

　厭味の応酬《おうしゅう》。片付ける手を止めて振り返る。三浦は窓枠《まどわく》に腰を掛けて両手を膝《ひざ》の上に置き、目を閉じていた。

「水の音が聞こえるんだ。風の音も、梟《ふくろう》の鳴き声も、蛙《かえる》の声も聞こえる」

「田舎《いなか》だからな」

そっけなく返すと、三浦はゆっくりと目を開けふわりと笑った。

「霞実《かすみ》ノ村《むら》に帰ったような気がする。俺はあの村あまり好きじゃなかったんだけどな」

呟き、三浦は傍までやってきた。

「明日は川べりで昼寝をするぞ。それから釣りもだ」

遠足前の子供みたいな顔だ。無邪気な表情に怒りも削《そ》がれていく。

「釣りの道具なんか持ってきてないじゃないか」

「さっきの事務所で借りられるぜ」

こともなげに言う。いつの間にそんなところまで見ていたんだろう。

「魚が釣れたらそこで焼いて食べるんだ。美味《うま》いだろうな」

楽しそうに明日の計画に夢を膨《ふく》らませる男をそのままにして、鞄の中から着替えと洗面用具を取り出した。

「先に風呂を使うぞ」

「駄目だ」

止められる理由がわからないまま振り返る。

「じゃんけん、ぽん」

声につられて思わずグーを出す。三浦はパー。

「俺が先だ」

嬉しそうににやっと笑った男に、着替え一式を取り上げられる。

「おい、何するんだ。僕のだぞ」

「貸せよ、サイズは似たようなもんだろ」

「僕が嫌なんだよ。それに余分な着替えなんて持ってきてない」

「俺のを貸してやるよ」

三浦は右手をヒラッと振ってバスルームに消えてゆく。

「このくそ野郎っ」

背中に向かって大声で叫んでいた。


最悪な一日の始まりで最低の朝。小さなテーブルに並べられた朝食を無言のまま口に運ぶ。向かいでは「最悪」の原因が箸《はし》を動かしている。

カチンと音がして、男が箸をトレイの上に並べて置いたのが視界の端に映った。

「まだ怒ってるのか、執念《しゅうねん》深い奴だな」

呆れた笑いを含んだ声に、腹の底で堆積《たいせき》しとぐろを巻いていた怒りが一気に吹き出した。

「誰のせいだと思ってるんだ。お前があんなことをするから……僕達は完全に誤解されたぞ」

「別に気にすることないんじゃないか。知らない土地なんだし」

「僕は嫌だ。今日も明日もこのコテージから一歩も外に出ないからな」

ズルッと行儀悪く茶をすする。返答がないのに顔を上げると、三浦は笑った目をしていた。

「そんなに怒るな」

「怒らせるようなことをお前がするからだ」

怒鳴《どな》りつけ、テーブルに両手をついて一人頭を抱えた。寝ていてもいつもなら些細な物音でもすぐに目を覚ますのに、昨日ばかりは長時間のドライブが祟《たた》ったのか熟睡していた。

このコテージは朝食を部屋の中まで届けてくれるというサービスがあった。朝の八時に確認の電話が入り、こちらがＯＫを出せば食事が運ばれてくるというもので、都合が悪ければ時間をずらすこともできるという、いたれりつくせりのシステムだった。

　朝の電話に出たのは三浦だった。ベッドの中、寝ぼけ半分に電話を取った三浦は「鍵あけとくから、勝手に部屋に置いといて」とOKを出した。

　食事を運んできたのは、若い女の子だった。その子がドアを開ける音でようやく自分はぼんやりと目を覚ました。窮屈《きゆうくつ》な思いをしながら半身を起こして、どうしてこんなに狭いところに寝ているんだろうと働きの鈍い頭で考えた。

「おはようございます。お食事です」

　緑色のエプロンをつけた女の子が、さわやかな笑顔でコテージの部屋に入ってきて、テーブルに二人分の朝食を置く。

「ああ……ありがとうございます」

　なんだか状況がよく飲み込めないままに礼を言った。

「う……ん、なんだ」

　電話を受けて鍵を開けたあと、人のベッドに入ってきて一眠りした男は、女の子とやり取りする声に目を覚まし、のそりと起き出した。同じベッドで半身を起こした三浦の姿を認めて、女の子の顔が一瞬で強張《こわば》った。

「あ……の、失礼します」

慌《あわ》てて走り去る女の子の、パタパタという足音だけが虚《むな》しく響く。

「なんだ、あの女」

三浦は首を振り、左右に傾《かし》げるとまだ寝足りないとばかりに枕を抱え込んだ。かたわらに寝転がる男を唖然《あぜん》と見下ろす。

「……どうしてお前がここに寝てるんだ」

状況が摑めず、怒鳴り声も出てこない。

「なんか俺、寝ぼけてたみたいだな」

いけしゃあしゃあと告げた男をベッドに残して、バスルームに走り込む。コックを最大限まで開き、湯に全身を打たせて、ようやく声が出た。

「ふざけんじゃない！」

さっきの出来事を思い出し、憂鬱な気分になる。

「今日は川の上流まで歩いてみようぜ」

人の悩みなど少しも気にしていない男。それどころか嬉しそうに声を弾《はず》ませる。

「なんたって、『日本最後の清流』だもんな。知ってるか？　どうして四万十川が綺麗なままで今まで残ってたのか。どこかの偉い学者は、単にここが過疎だったからと言ったらしいけど、それでもすごいことだよなあ」

「そんなことどうでもいい。出かけたいなら一人で行け」

即座に撥ね付ける。沈黙が続き、奇妙な雰囲気にふと顔を上げるとつり上がった二つの目はじっとこっちを見ていた。背中が反射的にビクリと震える。昔も今も苦手な、本気で怒っている三浦の目。沈黙の針が、痛い。

「あまり強情張ると、添い寝だけじゃすまなくなるぞ」

脅《おど》しをかける低い声。

「馬鹿なことを」

声が震えないように気を張る。

「強姦してやる」

「男相手にやれるもんなら、やってみろ」

心臓から冷や汗が吹き出すみたいな感覚。威勢よく返しはしたが次の三浦の言葉、行動に予測がつかなくて、怖くて動けない。奴はゆっくりと席を立った。近づいてくる。本当に何かされたら……そんな不安が頭の中をグルグル回った。背後から両肩に指が触れた。息を呑む。

「今朝のは俺が悪かったよ」

耳がおかしくなっていてよく聞こえないけれど、どうやら謝っているらしい。

「今度から気をつける。だからお前もそんなに怒って拗《す》ねるな」

「拗ねてなんかいない。子供じゃあるまいし」

むきになって否定しても、謝られたことに内心、ほっとしている。

「せっかくここまで来たんだ。喧嘩なんかよそうぜ。楽しく過ごそう、なっ」

「……そうだな」

三浦の気配が背中から消えた。ようやくまともに呼吸ができるようになる。心臓に悪いことこの上ない。はやく家に帰りたい。けれど家に帰ったからといって解放されるわけではない。三浦はそばにいる。

「たまらない」

呟きは小さく口許で消えた。


三浦は先に立ってゆっくりと歩き、その三歩ほど後ろをついていく。車線のない、片側が崖《がけ》になった林道を、小さく「四万十川」と書かれた青い標識に沿って東の方角に向かう。道の右側は緑色に汚れたガードレールが続いており、その向こう、木々の隙間《すきま》には光る川が見えた。

　道の左側は道路を作るためにけずり取ったのか斜面に沿って石垣になっている。石垣の上から道路に覆《おお》いかぶさるようにして生《は》え出した大きな木が、枝を伸ばして恰好《かっこう》の日陰を作る。途中で道はゆるやかな勾配《こうばい》になり、曲がり角を出ると視界が開けた。途中で道は二つに分かれ、左の道を下った先は小さな橋に繫《つな》がっていた。

　ここへ来る前に、ネットで見たのと同じ橋。欄干《らんかん》のない石造りの橋は沈下橋《ちんかばし》と呼ばれ、四万十川の流域あちらこちらに見られるものらしい。夏に台風の通り道となる四国では、雨雲のもたらす降水量の増加に伴《ともな》って川の水位が上がり洪水《こうずい》になりやすい。ダムが少なく水位を調節できないこの川は水を早くに海まで押し流さなくてはいけない。欄干のある橋では水の流れが悪く、橋自体も破損しやすくなる。洪水になると水の底に沈む沈下橋は自然との調和の中で生まれたものだと、コテージにチェックインする時にもらったパンフレットに書いてあった。

　欄干のない橋が珍しいのか、三浦は橋の途中で何度も立ち止まってはその下を覗いて見ていた。奴が立ち止まるたびに、追いつくのを避けてわざと遅く歩いた。

「和也、来てみろよ」

橋の中央で手招きしている。指名され仕方なく足早に歩く。隣に立つと、三浦は川のずっと下流を指さした。

「見ろよ、同じ形の橋が見える。一体いくつあるんだろうな」

ゆるやかに蛇行《だこう》して流れる川の向こうに、小指ほどの大きさの沈下橋が見える。

「下流までなら、百個ぐらいじゃないか」

「そんなにあるのか、すごいな」

呟く三浦に不意に右手をつかまれた。

「なんだ」

力が強くてつかまれた手が熱い。

「隣を歩けよ、離れてたら話もできない」

「……わかった」

腕を振り上げても、三浦はつかんでいる手を放さなかった。

「放せよ、子供じゃないんだから」

三浦は口の端で、小さく笑った。

「子供とか、そういう問題じゃない」

「じゃあなんだ」

「お前にはわからないだろうな」

こだわりがあるのかと思えば、パッと手を放し歩き出す。言われたから、仕方なく隣についていく。橋のそばには川岸へ降りる道がなく、川沿いの道を歩きながら下へ降りられる場所を探した。県外ナンバーのジープが、自分達を追い越していく。道はだんだんと川岸から離れ、山側の少し奥まった道へと続いていった。

川から離れたなと思ったら、両脇は一面に緑色の水田が広がっていた。サワサワと柔らかな音をたてて、風が青い稲穂をかき分けていく。

「青田風《あおたかぜ》だ」

呟きに、三浦が足を止める。

「なんだ、それは」

「今みたいな風のことだよ。本来ならもっと早い時期の風のことを言うんだろうけどね。水田が青い稲穂の頃に吹く風のことだよ」

「へえ……さすが先生だな」

柔らかい風に強い陽射《ひざ》しが照りつける田舎の道。標識を横目に水の音を追いかける。近くに聞こえた水の音は意外に遠く、うつむくと短い影が自分のあとをついて歩くのがよくわかった。

　水田が途切れ大きな木立の中に入ると、三浦は木陰になった腰丈ほどの低い石垣の上に腰を下ろした。小さくてせわしない息づかいに、白いシャツの胸がわずかに上下する。

「少し、疲れた」

　三浦は正面に立っていた同居人の手を取り、指先を握りしめる、熱い手のひら。うつむく首筋にうっすらと汗の粒が見える。

「帽子を……」

「……なんだ」

　言葉の先を促《うなが》される。

「帽子を持ってくればよかったな」

　顔を上げた三浦は薄く笑った。

「そうだな」

　立ち尽くしたまま動かなかった。時間すら足踏みする風景の中で、自分達を正気に戻したのは近づいてくる車のエンジン音だった。車は走り過ぎてから急ブレーキをかけ、砂ぼこりを上げながら止まった。

「先生？　杉本先生じゃない？」

車窓から女の子が顔を出す。

「やっぱりそうだ。すっごい偶然」

「滝本《たきもと》ゆかりか」

車から勢いよく飛び出してきた受け持ちクラスの生徒に、咄嗟《とっさ》に教師の顔を作れなくて戸《と》惑《まど》った。白いTシャツにベージュ色のショートパンツ。すらりと伸びた足は健康的に日焼けしている。顔の横で一つにまとめた長い髪は、ほつれて数本が顎《あご》に張りついている。よく動く大きな目は視線を逸らすこともせずに担任教師を正面から見つめていた。

「従兄《いとこ》と友達と一緒に四人で来てるんだ。先生も観光？」

「ああ、うん」

滝本はチラリと三浦の顔を見る。この男を、生徒にどう説明したものか迷った。正直に同居人だと言えばいいのかもしれないが、二十八にもなったいい男が二人で住んでいるなんて、常識的に考えておかしい。

三浦は滝本に向かって、これまで見たことのない柔和《にゅうわ》な顔で笑った。

「兄さんの学校の生徒か」

とんでもない台詞《せりふ》に思わず息を呑んだ。

「えっ、先生の弟なの？」

滝本に聞かれ、嘘だと否定しづらくなり、曖昧に言葉を濁《にご》す。

「まあ……ね」

「じゃあ兄弟で来てるんだ。仲いいね」

三浦は下から人の顔を覗き込み、困った表情を楽しむようににやりと笑った。滝本は後ろを一度振り返り、聞いた。

「先生、どこまで行くの？」

「川岸のほうまでと思ってたけど、なかなか遠くて」

「そうなんだ、じゃ一緒に乗ってく？　川岸までまだ距離あるし、車大きいから二人ぐらい増えても大丈夫だよ」

「そうしてもらえると助かるな」

断る前に三浦が口を挟《はさ》んだ。

「ちょっと疲れてたから」

腰を上げて、滝本に促されるまま三浦は勝手に車に向かって歩きはじめる。

「先生も早くっ」

滝本が大きく手を振る。あの男が何を考えているのかわからない。本当に疲れているのか、それとも何か企《たくら》んでいるのか……。追いついて三浦の脇を軽くつつく。すると青白い顔で、わずかに口許だけで笑ってみせた。

滝本の従兄の車だという四輪駆動の大型ジープは、舗装されていない農道をガタガタと左右に揺れながら走った。車内には滝本の従兄で真っ黒に日焼けした川西《かわにし》という男子大学生と、同じ大学の友人だという眼鏡をかけた神経質な雰囲気のある斉藤《さいとう》という男、斉藤の所属しているサークルの先輩だという女子大生の国元美佐《くにもとみさ》が一緒に乗っていた。高校の担任とはいえ、見ず知らずの人間の突然の乗車に、滝本以外の人間が明らかに戸惑っていた。近いのに、遠巻きに送られる自分たちへの視線。

陽気な質《たち》なのか、川西は運転しながら軽いジョークを飛ばす。それで少し雰囲気がほぐれたものの、依然として斉藤と国元はよそよそしい表情を崩そうとしない。絶えず微笑《ほほえ》むよう気を使い、教え子の知り合いの車に乗るという軽率さを後悔しながら、座席の上でひたすらに小さくなる。三浦はといえば、その場の雰囲気というものに微《み》塵《じん》も気づかず、いや、気づいて無視しているだけかもしれないけれど、三列目のシートに深く腰を落ち着けて、のんびりと車内を見回していた。

奴にしてみれば、疲れていたところに思いがけず足ができて「幸運」だったのかもしれない。剝《む》き出《だ》しの無神経さに横にいる自分のほうが気まずくて、まるで酔ったように気分が悪くなった。不躾な三浦の視線と、振り返った斉藤の視線がかち合う。自分達二人が車内に乗り込んだ時から「迷惑だ」という表情を隠そうともしなかった斉藤。そんな視線に向かって、何を思ったのか三浦は砕《くだ》けた顔でふっと笑った。

「乗せてもらって本当に助かったよ。気分が悪くなって座り込んでたから」

斉藤の硬い表情がおやっという感触で崩れ、前の座席に座っていた女子大生の国元がこちらを向いた。

「大丈夫ですか」

最初は戸惑いながら、チラチラと横目に侵入者の様子をうかがっていた綺麗な細長の瞳が、正面から三浦を見つめる。

「少し前に病気をしてからあまり体調がよくなくてね。家で安静にしてるのが一番なんだがどうしてもここに来てみたくて兄に無理を言って連れてきてもらったんだ」

「……そうだったんですか。大変ですね」

国元が目を伏せる。前とは違った意味でその場の雰囲気は暗いものになる。打ち消したのは元気な高校生だった。

「で、恵一さんって何歳なの？」

滝本が三浦に聞く。

「二十六」

同い年とは言えず、三浦は歳《とし》を二つ誤魔化《ごまか》した。

「へえ、先生と並んでみると弟さんのほうが歳上みたいだな。顔もあまり似てないし」

斉藤の言葉にドキリとして指先が震えたが、三浦は気にする風もなくさらりと流した。

「よく言われる。俺のほうが上みたいだって。老《ふ》けて見えるのかな」

三浦は誰か何か言うたびにこちらに振り返り、人が焦《あせ》っている表情を見ては面白がるように薄く笑った。

「先生達はどこに泊まってるの？」

滝本に振り向き、「川の向こうのコテージだよ」と早口に答えた。

「えーっ、あの可愛いやつ、いいな」

「そうだ」

手を叩いたのは国元だった。

「よかったら今晩の夕ごはん一緒に食べませんか。カレーだから人数増えたって平気だし大勢のほうが楽しいと思うんだけど、みんなどうかな」

はしゃいだ国元の口調につられるように斉藤もいいね、と笑った。仲間同士の気の置けないキャンプに自分達が首を突っ込むのはどうなんだろう、これは断るべきなのではないかと考えている間に、三浦は「それならご一緒させてもらおうか」と承諾《しょうだく》してしまった。

国元が嬉しそうな顔をする。三浦もにっこりと微笑み返し、そして突拍子《とっぴょうし》もないことを言い出した。

「本当は男二人だけじゃなくて、俺の彼女も連れてくる予定だったんだ」

「恵一さん彼女いるの！」

高校生は叫び、身を乗り出して興味津々。一緒に住んでる自分ですら初耳だ。一体どういうことだと問いつめる視線を三浦は無視した。

「まあね」

三浦は優しげな顔で、はにかむようにうつむいた。

「仕事の都合で来られなかったんだ」

国元の表情ががっかりしたそれになる。家にこもりきりの男なのに、どうやって知り合ったんだろう。今回の旅行に連れてくる予定があったなんて一言も聞いていないのに。

「えー？　どんな人？　知りたーい。教えて」

遠慮なく質問してくる滝本に、三浦は少し考えてからこう答えた。

「理知的で、外面《そとづら》ばかりよくて、意地悪な奴だよ」

「何それ。いいとこないじゃん」

滝本は呆れている。

「いいんだよ、俺が好きなんだから」

三浦の目はまっすぐに自分を見ていた。そんな男をギリと睨みつけると、笑った目のまま三浦は微かに口笛を吹いた。


キャンプの一行と別れてから川沿いにゆっくりと下った。三浦は滝本からの差し入れの古い麦わら帽子をかぶり、ジーンズの裾《すそ》を引き上げ、手のひらを広げたぐらいの大きさの丸い石が重なる水際を飛び跳《は》ねるようにして歩いた。時々踏み損《そこ》ねて靴を水につける。そのたびに小さく声をあげる。だけどやめない。性懲《しょうこ》りのないところは、まるでものの わからない子供だ。

靴の濡《ぬ》れない安全な場所を歩きながら、自分は三浦という子供の保護者のようだなと思う。沈下橋の下まで、ずいぶん長い距離を時間をかけて歩いた。橋の袂《たもと》の日陰になった草むらに三浦が腰を下ろしたので、隣に座る。

とっくの昔に履《は》かれなくなった三浦の靴が足許に転がる。裸足の足先は異常に青白く見えて、この男が普通じゃないんだと伝えてくる。麦わら帽子を顔にのせ、三浦は寝転がる。時折、橋を通る車の音が聞こえた。流れる水の音と、どこか遠くで鳴く鳥の声だけを鼓膜《こまく》は捕らえる。しゃらしゃらと流れる、緑色に光る水面を眺めていると、このまま時間が止まってしまいそうな気がした。瞬間、どこにいるのかわからなくなるが隣にいる男を見て、自分のいる場所を思い出した。

「どうして嘘をついたんだ」

麦わら帽子のほつれたつばの、かすかな風に揺れる先を見ながらそう聞いた。

「嘘って？」

帽子の下から返事がある。

「僕の生徒に自分のことを弟だって言っただろう」

三浦は指先で帽子を少しだけ押し上げた。

「ああ、あれか。別に意味はない」

「意味もなしに嘘をつくのか」

「少し黙ってろよ」

三浦はぴしゃりと言ってのけた。都合が悪くなるとすぐに話を終わらせる、いい加減な性格。こいつは人を苛立《いらだ》たせることに関しては天才的だ。

会話が消えた空間。二人で並んで寝転がったまま、ぼんやりと考える。気まずかった車内のこと、三浦の嘘。石垣で苦しそうにうつむいた顔。

眠ったように静かな隣の男をチラとうかがう。先にコテージに戻ると言ったら、この男はどうするだろう。一緒に帰ると言うだろうか。立ち上がる気配に気づいたのか、三浦は半身を起こした。麦わら帽子がぱさりと膝に落ちる。

「どこに行くんだ」

頼りない響きの声だった。

「水に入っちゃいけないのか」

挑発《ちょうはつ》的に返す。三浦は安心した表情でふっと笑った。

「靴は脱いどけ」

足許を指さしてくる。

「そうだな」

「俺が脱がせてやるよ」

「いい。自分でできる、それぐらい」

慌てて腰をかがめたけれど、間に合わない。三浦は人が履いてるスニーカーの靴紐《くつひも》を引っ張って解き、丁寧《ていねい》に靴を脱がせた。靴下もゆっくりと脱がされる。嫌な気分だった。脱がせた靴を自分の靴の隣にきちんと並べておいて、三浦はふくらはぎを軽く叩いてきた。

「さあ、行ってこい」

水は冷たく、指の間をすり抜けていった。手のひらを窪《くぼ》めて片手ですくい上げ、口に含む。太陽を含んだような、優しい味がする。手のひらから零《こぼ》れた水滴は反射して光りながら水の中へ消えていく。陽光の下、ただ流れるだけの水が、これほど美しいと思ったことはなかった。真夏なのに芯の冷たい水に、つけたままの両足が凍りそうになる。流れる水にゆらゆら歪んで見える自分の姿。水の中で歪んで白くふやけた足は、自分のものじゃないようで変な感じがした。

水と風と空気に全身を包まれて、こんな小さな体などそのまま飛んでいってしまいそうに思う。両手を広げて、思い切り体を伸ばした。全身の細胞で深呼吸する。

振り返ると三浦がいた。じっとこちらを見ている。いつからそうしていたのだろう。逸らさない瞳に、裸の自分を見られているようで急に落ち着かなくなり、視線に背中を向けた。

『どこかに行きたい』

ずっと思い続けていたこと。三浦と再会したその時からずっと。そばにいられる煩《わずら》わしさ。干渉《かんしょう》されることの疎《うと》ましさ。昔と何も変わらない。出会った時から今まで、ずっと三浦から離れたいと思っている。なんだか馬鹿らしい。どうして何年たっても同じことばかり考えているんだろう。

三浦から離れたい。機会があればいつでも、今すぐにでも。

『あいつのいないどこかに行きたい』

約束した時刻よりも少し早く、川岸に張られた滝本達のキャンプに着いた。さすがにただ食べて帰るだけじゃ厚かましいかと、飲み物の差し入れを滝本に手渡す。その少しの間に三浦の姿が見えなくなり、どこへ行ったのかとあたりを見回すと、キャンプの仲間に混じって食事の準備を手伝っていた。小学生、中学生の頃、三浦は自分以外の人間とあまり話をしなかったので、初対面の人間と仲よくしている姿を見ると自分の知っている三浦像とかけ離れていてひどく違和感がある。

準備が整い、川岸で食事を始める頃にはあたりはすっかり薄暗くなっていた。同じようにキャンプを張る車の明かりがぽつぽつと川岸に点在する。三浦は三浦と思えないほど自然にキャンプの輪の中に納まっていた。三浦から話題を振ることはほとんどない。それでもなぜか話題は三浦を中心に回っていく。こんな高度な芸当ができると思わなくて、知らなかった社交的な一面にいささか驚いていた。自分はといえば、華やかな料理の添え物のように、目立たず、邪魔せずただ黙って笑っていることしかできなかった。

夕食を終えると西瓜《すいか》が出てきた。あまり好きではなかったが、勧められて断ることもできずに一切れもらった。赤い三角の先にかじりつく。甘くて青い味がした。後片付けも終わり、そろそろコテージに帰ろうかとタイミングをみていると、滝本に呼び止められた。

「先生も一緒に花火をしようよ」

滝本が抱えた紙袋の中には、はみ出すほどたくさんの花火が詰まっている。

「花火なんて何年ぶりかな」

人の肩に手を置き、三浦が袋の中身を覗き込む。

「どうせ帰っても暇だしな」

三浦は袋の中から勝手にバラ売りの手持ち花火を一つ抜き出した。

「おい、人のものを勝手に……」

注意など聞きもせずに、手持ちのライターで勝手に火をつける。

「先生の分はこれね」

滝本はそんな三浦を気にもとめず、花火を差し出してきた。花火を受け取り、途方に暮れていると、ポンと三浦に肩を叩かれた。

「それ、こっちに持ってこいよ。火をつけてやるから」

「けど」

「早くしろよ。俺のが終わるだろ」

急かされて差し出す。三浦は残りがわずかになった自分の花火で火をつけようと近づけるけれど、火はつきそうでなかなかつかない。三浦の花火の光がだんだんと弱くなり、パチリと最後の火花が弾け散って終わった。黒い燃えかすがぽたりと落ちた。

「お前が早くしないからだぞ」

三浦は舌打ちしてライターを取り出した。少し風が強くてライターの火はゆらゆらと揺れる。片手を火に添え、まるで煙草の火をつけるような仕種で花火に火を近づけた。

バチバチと音をたてて花火が光る。薄橙《うすだいだい》の光が何度も弾けていく。

「俺はその花火が一番好きだったな」

なんの変哲もない、ただ光るだけの花火。赤にも青にも色を変えないとても地味な……。

「それは長持ちするだろ。いろんな飾りのついたやつは、見ばえはいいんだがすぐに終わっちまうからな」

不意に持っていた花火が取り上げられる。三浦は花火を左右に振る。振った光の道筋が暗闇の中にぼんやりと余韻《よいん》を残した。

「何が描けるか試してみたことがあるんだ。複雑なのは駄目だな。せいぜい丸とか三角とか……」

三浦は人の花火で最後まで遊んだ。取り上げたことを謝りもせず、燃えかすを手に滝本のところへ行き、新しい花火を手に戻ってきた。いくつか差し出されたが、首を振り「僕はいいよ」と断った。三浦は首を傾げ、一人で花火の続きをする。滝本たちもはしゃいでいて皆楽しそうに見えた。自分は面白くない。帰りたいけれど、こういう楽しい雰囲気の時に一人抜けるのは、態度がよくない。

抜けることもできず、キャンプのグループとも馴染《なじ》めないので、結局三浦の隣にいるしかなかった。

「お前、つまらなそうだな」

ぽつんと三浦が呟く。心を読まれる不快さに口を閉ざし、花火が燃え尽きて落ちていくのをじっと眺めていた。

花火が終わってやっと帰れると思ったら、三浦が川西と話し込んでしまった。どういった内容なのかわからないが最初は三浦を警戒していた斉藤でさえ、神妙な顔で奴の話に聞き入っている。

一人先に帰ろうかと様子をうかがっていると、隣にいた滝本が脇腹を軽くつついてきた。そっと耳打ちしてくる。

「先生の弟、かっこいいね」

それは外見だけだ。中身は意地が悪く収まりがつかないガキだ。

「メチャクチャもてそう」

「僕はよくわからないけど」

「先生とは雰囲気全然違うよね。先生はいつも家で本読んでそうな感じなんだけど、弟のほうは外国とかフラッと一人旅しそうな感じ」

三浦は初めて会ったばかりの人間に囲まれて笑っている。ここは小学校でも中学校でもない。三浦の本性を知っていて、正当に評価できる人間は自分しかいない。

「えっ、結婚してるんですか」

国元の奇声に思わず振り返る。三浦は平然とした顔で頷いた。

「結婚してたんだよ。二年ちょっとしか続かなかったけどな」

「でも、どうして……」

そこまで言いかけてプライベートなことに首を突っ込んでしまったと気づいたのか、国元は慌てて口を閉じたが、三浦は気にせず続けた。

「彼女の浮気が原因だったんだけど、もとを正《ただ》せば俺が悪かったんだ。好きでもないのに結婚したからな」

「……好きでもない人と結婚って、私は想像できないな」

しんみりと国元は呟く。

「納得いかない」

川西は健康的でまっすぐな目で三浦を見据《みす》えた。

「俺はまだ恋愛や結婚に理想があるから」

「理想だけじゃうまくはいかないぞ」

冷淡な口調に川西は気分を害したのか表情をしかめ、それを見て三浦は薄く笑った。

「一番好きな女と相思相愛になりゃそれに越したことはないが、考えてもみろ。運命だと思った女が自分を相手にしてくれなかったら、自然と二番三番ってなるだろう」

川西は黙り込む。

「じゃあ、今付き合ってるのは一番好きな人なんだ」

滝本の言葉に三浦は少し考えた。

「そうかもしれないし、そうじゃないかもしれない……俺にもよくわからない」

誰を指して三浦は「運命の女」などと言っているのだろう。一緒に暮らしたいからとマンションを買うほど執着している相手は自分だ。でも女ではないから運命なんてものには到底なりえない。三浦は一体どうしたいのだろう。百歩譲歩《じょうほ》してこの関係が親友になったとしても、その先はどうなる？　あの男が求めるものは、友情を越えて肉親に求めるものに近いような気がする。

突然に気がついた。本当に突然に。でもよく考えてみればどこにでもあったはずの答え。三浦が弟だと嘘をついた理由。気まぐれなんかじゃなく、三浦は本当に弟になりたかったのではないだろうか。

「あっ」

滝本が小さく叫んだ。

「ヤバい。三叉路《さんさろ》のところに懐中電灯忘れてきた」

「えっ、あれないと困るよ」

斉藤が呟く。

「近いし、取りに行ってくる」

立ち上がった滝本に、三浦が声をかけた。

「もう暗くなってるから危ないぞ。俺達も帰るから途中まで一緒に行こう」

慌てて自分も立ち上がる。

「じゃあ今日はごちそうさまでした」

お礼を言ってから振り返ると、三浦は滝本と並んでさっさと歩き出していた。あんなにごちそうになっておきながら礼の一言もない。非常識を心の中で毒づきながら慌てて二人を追いかける。あまり話をせずに三叉路まで歩いた。懐中電灯を手にそこから一人で引き返すという滝本を三浦が送っていくと言い張った。自分も行こうとしたが、三浦に「お前は帰れよ」と追い払われる。ついていく、いかないで言い争うのも面倒だし疲れていたので、そこで別れて先にコテージに帰った。

一人だけの空間、慣れない旅先の宿なのに不思議と落ち着ける。それは隣のベッドに誰もいないせいに違いない。三浦が帰ってくるまでに先に風呂に入って寝てしまおう、そう思って急いで着替えを取り出し、バスルームにこもると勢いよくシャワーのコックをひねった。

昔、まだ小さかった頃、母親はよく息子を膝枕で寝かせてくれた。母親は子供の髪を、何度も何度も寝つくまで優しく撫《な》でていてくれた。

いつからだったただろう。母親の膝枕で寝なくなったのは……。髪を撫でる感触は古い記憶を呼び起こして……これは夢じゃない。うっすらと目を覚ます。三浦はベッドの端に腰掛けて、人の顔を見下ろしながら髪を撫でていた。

「遅かったな」

大きな手のひらから逃《のが》れるように体を捩《よじ》って柱の時計を見上げる。自分が帰ってから優に三時間は経っていた。風呂から出ても三浦の帰ってくる気配がせず、遅いと思ったものの気にせずにベッドの中にもぐり込んだ。そうしている間にいつのまにか眠り込んでいたらしい。

「……ずっと話をしてたんだ」

ぽつりと三浦は呟いた。

「誰と？」

「お前の生徒だよ」

名残惜《なごりお》しげに頭に置かれた三浦の手を、払いのける形で体を起こした。

「高校ではどんな先生なのか、喜んで教えてくれたよ。お前は学校での話は俺に全然してくれないからな。面白かったよ。やっぱりお前、生徒に評判いいぜ。当然か、前から外面《そとづら》だけはいい子ちゃんだったもんな」

毒を含んだ言葉だ。

「突っかかるなよ」

「お前の勤めてるのは私立の進学校だけど、勉強自体や学校の体制はそんなに厳しくなくて、けっこうのんびりしてるんだってな。お前は女子生徒からも男子生徒からも人気があって、人気投票をするといつも三位までに入るんだろ」

「男で若くて独身なんてほかにあまりいないからだよ」

三浦は覆いかぶさるようにしてベッドの壁際に手をついた。距離が近い。テリトリーをどんどん狭《せば》めてくる。その体からかすかに酒の匂いがした。

「お前、飲んでるのか」

「少しな。あのキャンプに戻った時に……」

「酒は厳禁だったただろうが」

三浦は目を細め、アルコールの混った息をついた。

「お前、本当に俺のことを心配してるのか。心の中じゃ早く死んじまえとか思ってるんじゃないだろうな」

トンと心臓の上を指で弾かれる。思わず息を呑む。その瞬間を三浦は見逃さなかった。視線を逸らして、ゆっくりとのしかかってくる。

「離れろよ、重いだろっ」

三浦の息が耳にかかる。その距離で猥褻《わいせつ》に囁《ささや》かれた。

「抱かれたがってる女も多いってさ」

「何を言ってるんだよ。みんな高校生で僕の生徒だぞ。そんな下衆《げす》なことを考えるのはお前ぐらいだ」

「ああ下衆かもしれない」

不自然に体をすり寄せてくる。急に耳たぶに噛みつかれ、驚いてずり上がった。壁に押しやられて逃げ場がなくなる。まるで飴玉《あめだま》でもしゃぶるように耳たぶを弄《いじ》る男を押し返そうとするけれど、相手は体重にものを言わせて逆に壁に体を押しつけてくる。背筋がゾクゾクする。三浦に「舐《な》められている」という事実が嫌悪感も混ざり背筋を震わせる。

「やめろっ」

耳たぶに飽きた唇は首筋を這《は》う。指先は寝間着がわりのTシャツの上から背筋を上から下へゆっくりとなぞる。

「お前さ、いい匂いがする。風呂に入ったな」

「どけよっ」

「ちょっとぐらい我慢しろ。まだ何もしてないだろ」

「してるじゃないか」

邪悪な指先は人をからかいながら動く。反応を示す体を面白がる。

「やってないんだ、ずっと……こっちに来てからさ。わかるだろ。雰囲気だけでも味わわせろよ。お前もやってる感じはねえよな？　風呂かトイレで一人でシコッてんのか。味気《あじけ》ないだろ」

顔が赤くなる。なんてことを言うんだ、この男は。

「やってやろうか」

「いいっ、お前になんかしてもらいたくない」

指先が下着の中まで忍び込んでくる。

「やってやるよ。あの大学生の女、けっこういい線いってたよな。ずっと俺のほうをチラチラ見てたし、本気で口説《くど》いたら今晩やれてたかもな」

「お前は最低野郎だ」

「何上品ぶってんだよ。お前だって自分の生徒の足ばかり見てたじゃないか。別におかしいわけじゃねえだろ。そういうのに感じるのが普通なんだ」

頭の中から嫌なものを引き出される。心も体もいたぶられる。ここにいては何をされるかわかったもんじゃない。ベッドを降りようと強引に男を押しのけた。床に足がつくかつかないかのタイミングで再びベッドに引きずり上げられて、三浦の股の間に納め込まれた。逃がすまいとするかのように背後からきつく抱きしめてくる。胸の前で組まれた腕。指先はそこにない膨みを探して胸許をまさぐる。首筋に唇を落としてくる。限りなく妖しいそれに心臓が縮み上がった。

「……これ以上何かしてみろ」

声が震えないように努力した。

「お前を許さないからな」

暴走した男の頭に響いたのか、そろそろと指が離れた。腕の中から抜け出して、反対側のベッドに飛び移る。外に出ていきたい。車に飛び乗って、こんな男なんか捨てて家に帰りたい。三浦は壁に背中をつけて膝を立て、叱られた子供みたいに丸くなる。まるでこちらの機嫌をうかがうように上目遣いに人の顔を見て、ため息をつく。

「お前はどうして男だったんだろうな」

切ない呟き。甘えるな、と思いながら三浦を睨みつけた。

「どうして男と女で出会えなかったんだろうな。そうすれば面倒なことはなかった。俺もお前を振り向かせる自信はあったし。そうでなくたって、強姦でもなんでもして既成事実とか子供とか作って逃げられないようにすることだってできたのにな」

恐ろしい言葉を吐き出したあと、思い出したようにクスリと笑った。

「女だったら、中学の時に俺にやられてるぜ、お前」

「僕が女だったとしても、きっとお前だけは好きにならなかった。お前みたいにわがままな乱暴者なんか最低だ」

三浦には人の声など聞こえてないようだった。

「大切にして、大事にして、幸せになれたと思うんだ」

戯《ざ》れ言《ごと》だ。この男はおかしい。そのおかしさがここ一年でエスカレートしている。ぼんやりと淀《よど》んだ瞳の焦点《しょうてん》は自分を捉えたまま動かない。

「俺は、やっぱり酔ってるのかな」

呟き、のそりと立ち上がってバスルームの中に消えた。三浦のたてるシャワーの音すら聞きたくなくてきつく耳を塞《ふさ》ぐ。早く家に帰りたい。でも家に帰ったところで何も解決しない。あの男はどこにだっているのだ。この世からいなくなればいい。死んでしまえばいい。あの川の深みにはまって溺《おぼ》れて、崖から落ちて、病気が急に悪化して……頭の中で様々な形で死んでゆく三浦。どの景色の端にも必ず自分がいる。笑いにも安堵《あんど》にも似た奇妙な表情をして。くだらない妄想。それでもやめられない。終わらない悪夢。殺してやろうか。あの男を。諸悪の根源を。危ない考えが浮かんで消える。本気になりそうな自分が怖かった。

朝の早い時間にコテージを抜け出した。柱時計は午前六時少し前。こっそりと、物音をたてないように慎重《しんちょう》に荷物をまとめて服を着た。

車のキーを片手に、足音を忍ばせて朝露《あさつゆ》に濡れた遊歩道を歩く。コテージから少し離れた駐車場に停めておいた車に急いで乗り込んだ。逃げるのが卑怯《ひきょう》だとは思わない。あんなことをされてまであの男に付き合う義理はない。顔も見たくない。帰りの旅費になるぐらいの金はテーブルに置いてきた。

そのまま帰ってしまおうと思っていた。でも昨日の川はとても綺麗だった。素通《すどお》りして帰ってしまうのも名残惜しくて、あてもなく川沿いの道に車を走らせた。人の気配のしない国道に、次第にアクセルは踏みしめられる。途中で川岸に降りられる道を見つけて、車が来ないのをいいことに、路上駐車をした。コンクリートが風化して丸くなった階段をゆっくりと降りる。途中で買った缶コーヒーを片手に川岸に腰を下ろす。緑色に光る誰もいない川。

葉の擦れ合う音に首を傾けると、右手に竹林があった。水面ぎりぎりまで群れた若竹が幹を弓なりにしならせ、葉先をゆるりと水面に泳がせる。無数の笹が風が吹くたびに一斉《いっせい》にカサカサと音をたてる。驚くほどのんびりとした光景だった。そっと目を閉じる。柔らかい風が鼻先をすり抜ける。

何もかも忘れて空気と同化したい。嫌なことも何もかもすべて忘れて。

コテージには帰らないつもりだった。

どんなに綺麗な場所にいても、俗世《ぞくせ》と切っても切れない自分がいる。頭の中に少し空白ができるともう煩悩《ぼんのう》が脳を占領しはじめる。考えたくなくても三浦のことは気にかかる。自分がいなくなったあとの行動を、あの男の性格と合わせてシミュレーションしてみる。

いないことに気づいた奴はきっと驚く。それから怒って……怒り散らしたあとに慌てて探しはじめるのだろう。迷子になった子供のように、馬鹿みたいに。……思いつく限りの場所を歩き回り、そしてキャンプの一行に聞くのだ。「和也を知らないか」と。理由を聞かれ、奴は馬鹿正直に「喧嘩した」と答える。最悪だ。

いや、まだこんな状況も考えられる。奴は想像していたよりも冷静で、テーブルの上の金を見て一瞬で状況を理解し苦笑いする。仕方がないなと割り切って早々に帰途につく。

指先に触れた小指の爪ほどの白い小石を川へ投げる。半円を描いたそれは、遠くで小さな波紋《はもん》を作り消えた。同時にチチチと甲高い鳥の声が空に飛ぶ。

三浦が後者であるはずがない、わかる。それは三浦自身を理解しているということになるのだろうか。あの男は変わらない。初めて会ったあの日から。わがままで乱暴で、自分勝手で人のことなどおかまいなしだ。そして自分のやっていることを省《かえり》みないで一方的に要求してくる。「優しくしてほしい」と。

結局、帰る足を引き止めたのは滝本のキャンプの一行の存在だった。たかが喧嘩ぐらいで病弱な弟を残して帰る薄情な兄というイメージは本意ではなかったし、それに置いてゆくのはやはり後ろめたかった。

どうしようかと迷った。迷った末に結局コテージに戻ってきた。駐車場に入ってからも車の中でずっと逡巡《しゅんじゅん》した。責められて、怒られて、喧嘩するのは確実。わかっているから気が重くなる。ハンドルにもたれたままで腕時計を見ると、夜の八時。今からマンションに帰るとしても着くのは真夜中になる。今さらだ。鞄を片手に、重い気分のままコテージのドアノブに手をかける。それを押し開ける前に、ドアは内側からスッと開いた。目の前には三浦が立っている。心臓が止まるかと思うぐらい驚いた。

「遅かったな」

「あっ、ああ」

それ以上何も言わず、背中を向けて部屋の奥に戻る。置き去りにして帰りかけたことをどのように追及されるのか覚悟していただけに、それ以上の反応がない現状に拍子抜けした。

ちょっとそこまで、煙草でも買いに行って帰ってきた相手を迎えるような対応。ドアノブに手をかけた時点でドアが開くということが何を意味しているのかこの時は気がつかなかった。ただただ何もないことにホッとしていた。

三浦はゆっくりとベッドまで歩いて、その中にもぐり込んだ。今まで寝ていたらしい。柱時計に視線を移す。まだ時計は九時にもなっていない。そう、三浦は子供じゃない。一人でだって出かけられるし、川岸に行けば昨日知り合ったキャンプの四人がいる。自分を中心に三浦の世界が回っているわけじゃない。先に帰った同居人に呆れて、一人で出かけて遊び疲れて早目に休んでいるんだろう。

その思いつきに気持ちが軽くなった。正直今日は自分も気疲れした。もう寝ようと鞄を開けて下着を取り出す。ふと振り返る。視線が合う。不自然にならないように逸らして、時間を置いてもう一度振り返る。また合う。布団《ふとん》の中に入って片手で頬杖をついた三浦はこちらの一挙一動を逃さず見ている。何かをかぎ取ろうと言わんばかりに。

もの言わぬ視線の圧力に息が苦しくなり、慌ててバスルームに駆け込む。背中に視線がまとわりついて離れない。とても嫌な感じだった。

バスルームから出てくると視線の持ち主は隣のベッドで、こちらに背中を向け頭からシーツをかぶっていた。その時に部屋の固定電話が鳴った。

慌てて受話器を取る。

『恵一さん？』

聞いたことがある気もするが、誰なのかわからない。そして三浦はもう寝ている。

「すみませんが、どちら様ですか」

『もしかして先生？　いつ帰ってきたの』

先生の響きで、滝本の声だとわかった。どうしてここの電話番号を知ってるんだろう。

『どこに行ってたの〜』

滝本は怒った口調で担任教師を責めた。

『恵一さんが先生がいないって大騒ぎして大変だったんだよ。ここって電波が入んないから、先生には全然連絡つかないし、恵一さんはそこら中先生を探して回って、最後には真っ青になって倒れちゃうしさぁ』

受話器を持ったまま硬直した。想像していた中で最悪のパターンだ。

『病院連れていこうかって言ったけど、恵一さんは大丈夫だって嫌がるからコテージまでは送ってったんだけどさ。大丈夫そう？』

「ああ……もう寝てるから」

受話器を握ったまま、身じろぎもしないシーツの塊《かたまり》を横目に見る。

『恵一さんも大げさだったけど、兄弟喧嘩したぐらいで放置プレイとか先生も大人げなくない？　もう仲直りした？』

「ああ、したよ。迷惑かけてすまなかった」

『別にいいんだけど。じゃあ先生、またね』

電話を切る。大騒ぎして倒れた背中は、ピクリとも動かない。結局、三浦は自分に「遅かったな」としか言わなかった。

目を覚ますと、テーブルには一人分の朝食が手つかずで残っていた。もう一つのトレイの中身は空《から》。三浦は先に食事をすませたらしい。荷物はまとめられてベッドの上に置かれている。本人の姿だけが見えない。

一人で味気ない朝食をすませた頃に三浦はふらりと戻ってきた。どこをどれだけ歩いてきたのかわからないが、麦わら帽子の下の額からは汗が筋《すじ》になって流れていた。部屋に入ると人を透明人間のように無視して隣を通り過ぎ、一昨日《おととい》もらった麦わら帽子をサイドテーブルの上に置いた。

おはよう、と声をかけることすらできなかった。二人になった途端、空気は変に緊迫してくる。こんな風に気まずい朝は初めてだった。自分を意識外に追いやっている男を意識しながら、帰り支度《じたく》を整えた。コテージに鍵をかけるだけになると、それを待っていたかのように三浦は自分の荷物を持ち表に出た。先に車に向かって歩いていく。コテージのチェックアウトも自然と鍵を持つ自分の役目になった。

助手席の男はずっと窓の外を眺めている。何も責められないことに胸を撫で下ろしはしたものの、この雰囲気はとても気まずい。道は覚えているから、帰り道がわからないと喧嘩することもない。

三浦が何を考えているのかわからない。怒っているのかそうでないのかもはっきりしないから、胸の中がもやもやする。三浦に責められることを怖がっていたが、よく考えてみると三浦にこちらを責める権利はない。それだけのことをされても当然の暴挙だった。自分に何度言い聞かせ、思い込もうとしてもどこか、何か釈然としない。

幽霊を乗せたような、静かなドライブ。今日も天気はすこぶるよくて国道沿いに流れる四万十川は翡翠《ひすい》に似た透明感のある緑色をしていた。

「綺麗なところだったな」

何げなさを装《よそお》い呟いた。もちろん返事を期待して。反応はない。車窓に傾けられた頭はピクリとも動かない。

「また来てもいいな」

まるで置き物相手のドライブだ。

「俺は二度と来ない」

突然、そう吐き捨てる。どこに隠し持っていたのか煙草を取り出し口にくわえた。カチリとライターの音がする。ほどなく車内には煙草の煙が充満した。

「昨日、何年も前のことを思い出した。中学の卒業式のあと、お前が急に消えたあの時だ。俺はお前を探した。探して、探して……それでも見つからなくて」

男が吸う煙草を、いつものように怒り散らして注意することもできない。声が出せなかった。

「お前がいないのは一時《いっとき》だけだ、高校の入学式には帰ってくると信じてた。まさか俺のところに連絡が来ないなんて思いもしなかったからな」

責めている口調ではなかった。でもそのことに関して何か意見できるはずもない。確かにあの時、三浦を捨てたのだから。

「今さら蒸《む》し返す気はないけどな。考えたって虚《むな》しいだけだ。お前は俺を嫌いだったんだよな。熱心に勉強を教えてくれて、一緒に合格を喜んで、いつも一緒にいたのにそれでもお前は俺が嫌いだったんだよな」

背中に冷や汗が流れる。それ以上口を開くな。そう言いたい。昔のことだ。昔の話だ。

「それならそうとはっきり言えばよかったじゃないか。嫌いだってな。そうすりゃ俺もお前にまとわりついたりしなかったさ。それとも何か、博愛の精神を気取るお前としては俺に『嫌いだ』って言うのもプライドが許さなかったか」

半分ほど吸った煙草を三浦は灰皿に押しつけた。

「くだらねえな、最悪だ。昨日は暇だったからな。馬鹿みたいに一日中そんなことばかり考えてた」

新しい煙草を取り出し、火をつける。

「お前はひどいな」

三浦はぼそりと呟いた。何げない言葉。それが震える心に針を突き刺す。

「そ……」

言いかけてやめた。車はトンネルに入り、暗闇の中で鏡のようになったサイドガラスには口を引き結んだまま泣いている三浦がいた。

気づかれないように三浦は泣いていた。子供のように、大人のように。

車はトンネルを抜ける。泣き顔はもう見えない。素手《すで》でわしづかみにされた自分の心だけがズキズキと痛んでいた。

冷たい雨音

いつの時代も恋の話があふれ返っているのは、誰でも一度は夢中になるからに違いない。

ただの知り合いが、意識する存在に変わる。そんな瞬間を思い知らされる。それはさりげなく胸の奥まで切り込んでくる。

「そうだね」

頬《ほお》に落ちかかる髪をかき上げる仕草。細い指先がゆるりと動く。

「人が集まると大変っていうのはわかる。子供にだって色々な考え方があるし、どの考えも根本から間違っているとは言えないし」

ほっそりとした体に、白いTシャツと紺色のパンツ。普段は後ろで無造作《むぞうさ》にゴムで束ねられていることの多いセミロングの髪も今はおろしている。薄い化粧の唇だけは、全体の地味さからすると不自然に赤かった。人目を引くタイプの女性ではないのに、杉本和也《すぎもとかずや》はこの時自分よりも三歳年上になる同僚の女性教師を意識していた。

九月の初め、臨時採用された教師の歓迎会。馴染《なじ》みの飲み屋のそう広くない座敷の部屋でたまたま隣に彼女が座った。彼女、森本敦子《もりもとあつこ》は自分が就職する前の年に今の高校に着任《ちゃくにん》していた。美人といえる顔つきではないし、出会った当初から今までずっと地味な存在で、言葉も控えめ。いつも一歩引いた場所で微笑《ほほえ》んでいるような人だった。

おとなし過ぎて存在感が消えていることもあるが、慕っている生徒は多い。人に意見したり逆らうことの少ない彼女に敵はいなかったし、仕事は真面目《まじめ》で丁寧《ていねい》だった。

隣同士に座ったことでぽつぽつと話をした。共通の話題はやはり同僚や生徒のこと。話の途中で、視線を逸《そ》らして考え込むような表情を見せた彼女は、突然ふふっと笑った。

「ごめんなさい。私、杉本先生がこんな風に生徒のことで悩んでるって思わなかったな。だって先生は生徒に人気があるし」

「歳《とし》が近いから警戒心が少ないだけで、僕を疎ましがってる生徒はけっこういますよ」

「先生って欲張りだな」

ずっと笑っていたから、それが皮肉だと気がつかなかった。

「生徒全員に好かれようなんて、欲張りだよ」

滅多《めった》に聞かれない本音に気がついたのは、両手で口許を押さえて大きな欠伸《あくび》を隠していた彼女の、意外にあどけない横顔を見た時だった。指先が泳ぐようにビールのグラスを取り、一口飲む。赤い口許が小さく窄《すぼ》められる。

「先生」

ぼんやりと見とれていたことに気づいて頬がカッと熱くなる。彼女はおかしそうにハハッと笑った。

「変なの」

今まで意識したこともなかった年上の人。胸の中に何かがコトリと落ちた瞬間だった。

相手のことを何も知らない他人と暮らしているようだった。朝、洗面所で顔を合わせてもお互いに何も言わない。「おはよう」と社交辞令の一言も。建前も本音も削《そ》ぎ落とされた関係。一緒に夕食を食べることをことさら大切にしていた男なのに、それもなくなった。滅多に外出しなかったのに、最近は出ていったきり朝まで帰ってこないことも多い。

少し前からだった。女性の影が見える。外から帰ってきたはずなのに、すれ違いざま髪がふわりと香る。恋人ができて、自分に執着《しゅうちゃく》していた視線が逸れようとしているのならそれに越したことはない。三浦《みうら》の恋人の存在に気がついた時、安心して肩の力が抜けた。それが話をしようと思うきっかけになった。三浦にも恋人ができたのだったら、冷静にこちらの話も聞いてくれるような気がしたからだ。

三月の初め、春先なのに吹く風は驚くほど冷たく、空には灰色の雲が重く垂れ込めて雪でも降りそうな寒い日、意を決して同居人の三浦恵一《けいいち》に「結婚する」と告げた。昼下がりなのに寒がりの同居人のせいでリビングは汗ばむほどに暖房が効《き》いていた。三浦は黒のパーカーにスウェットパンツと楽な服装で、ソファにだらしなく寝そべったままぼんやりとテレビを見ていた。

何クールか前に流行《はや》ったドラマの再放送。やたらと大きな効果音が耳につく。テストの採点をしながら、自分も覚えのある台詞《せりふ》に時々顔を上げた。何度目かの台詞で顔を上げた時、三浦と目が合った。すぐに逸らしたけれど、そろそろ時期だと何かが頭に囁《ささや》きかけている。グッと自分の心に弾みをつけて、赤ペンをテスト用紙と一緒にローテーブルの上に置いた。

「六月に結婚しようと思ってる」

三浦の眉間《みけん》がすっと引き寄せられ、怪訝《けげん》な表情のままソファに座り直した。親指で鼻先を擦《こす》る……相手の一挙一動に強張《こわば》る自分の手足が情けなくて、奥歯を強く嚙《か》みしめた。

「誰が」

問い返してきた。

「僕だよ。ほかに誰がいるっていうんだ」

「それもそうだな」

間抜けな返事。それに気がついたのか三浦はうつむき小さく笑った。

「驚いたな」

そんなふりを微塵《みじん》も見せなかったくせにぼそりと呟《つぶや》き、だらしなく、すっかり長くなってしまった髪の中に指を差し込み、かき回した。

「女がいるだろうとは思ってたが、そこまで話が進んでたとはな。そうか結婚するのか。で、どんな女だ」

「普通の人だよ」

当たり障《さわ》りのない答えに、三浦は肩をすくめた。

「結婚しようとまで考えた女なんだろ。それなら特別に感じる何かがあったんじゃないのか。優しいとか、明るいとか、美人だとか……ケチケチしてないで教えろよ」

烈火の如く怒り出すのではないかと密《ひそ》かに危惧《きぐ》していた身としては、あまりにも「普通の友人」すぎる反応に拍子抜《ひょうしぬ》けした。今までに色々とありすぎて、難しく考えていたのかもしれない。

「おとなしくて優しい人だよ。同じ高校の教師で僕より三歳年上なんだ」

「ふうん。で、プロポーズの言葉は」

「えっ」

三浦は腕組みしてにやにやと笑みを浮かべながら人の顔を覗《のぞ》き込む。

「どうやって申し込んだのかって聞いてるんだよ」

「言えないよ。恥ずかしいだろ。それにどうしてお前に教えなきゃいけないんだ」

照れ臭さに視線を逸らした先で、彼女に結婚を申し込んだ時のことを思い出した。歓迎会のあとから好意を隠さず何度も彼女を食事や映画に誘った。用がなければまず断られなかった。回数を重ねて、彼女も自分を意識していると確信してから、好きだと、結婚を前提に付き合いたいとはっきり告げた。

先月の中頃、港が見えるホテルの最上階にあるレストランに彼女を誘って食事した。窓際の席で外に視線を移すと、港に帰る船の灯《あかり》が暗い海を横切っていくのがいくつも見えた。サイドの髪を後ろで留め上げた影の薄い横顔。髪が綺麗だねと言った次の日から、二人で会う時に髪を結ばなくなった。そんな態度がいじらしくて可愛らしかった。黒いセーター、その胸許には一月の彼女の誕生日に贈ったネックレスが淡く光っていた。食事のあと、窓の外の景色に視線を奪われている彼女の名前を呼んで、小さな包みを手渡した。

「開けてみて」

彼女は恋人と包みを交互に見た。震える手でリボンが解《ほど》かれてゆく。こわごわと蓋《ふた》を開け中を見た時の彼女の表情は、想像していた……驚きや喜びよりも戸惑《とまど》いのほうが勝《まさ》っているように見えた。

「考えさせて」

結婚してほしいと言った恋人に、うつむいたまま彼女は小さな声で答えた。

「すごく驚いて、頭が混乱してる」

即答で返事をもらえると思っていたから、彼女のワンクッション置いた態度に『夢中になっていたのは自分一人だけだったんだろうか』と焦《あせ》りを覚えた。けれどそんな心配も一晩限りで、次の日、彼女は微笑みながら「プロポーズお受けします」と言ってくれた。食事した次の週の日曜日、両親に彼女を紹介した。互いの親を交《まじ》えて式の日取りも決め、結納《ゆいのう》をすませたのは先週だ。

「で、もうやったんだろ。具合はどうなんだよ」

何を言われているのか、意味がわからず首を傾《かし》げた。

「セックスだよ。年上なら経験も豊富だろうし、いい思いをさせてもらってるんじゃないか」

体に粘《ねば》りつく、ことさら下卑《げび》た言い方が気に障った。

「彼女はそんなタイプじゃない」

睨《にら》みつけると、そんな反応を面白がってか、三浦は声をたてて笑った。

「結婚前のセックスが不純だなんて頭の固い処女みたいなこと考えてるんじゃないだ

ろうな。アレも結婚生活の大切な一部だぜ」

その仕種《しぐさ》、態度、言い方全てが不愉快でたまらない。

「不純だとか頭が固い以前の問題だろ。そういうことは人前で自慢げに話すことじゃない。第一彼女に失礼だ」

「俺は好きだぜ、そういう話」

「僕は好きじゃない」

「だろうな。だからわざと聞いてやったんだ」

深くソファに座り直し、にやにやと笑いながら人の顔を見ている男。嫌がることを知りながらわざと聞いてくる、その思考回路がわからない。最初から、出会った時から三浦恵一を理解できなかったし、理解したいとも思わなかった。同居を始めてからもそれは変わらなかったが、二人の関係が決定的に気まずくなったのは、去年の八月に二人で旅行に行ったあとからだ。

三浦に誘われて遊びに行った先で悪戯《いたずら》されたことに腹を立て、宿泊していたコテージに奴を置き去りにしたまま帰ろうとした。何も言わずに置き去りにすること、それがどれだけ三浦にとってダメージになるのか知っていたのに、少しも理解していなかった。結局、迎えに戻り一緒に帰ったけれどそれ以降、奴は話しかけてこなくなった。

決定的に何かが壊れた感触。かけらを踏みしめ、歩くような違和感。白々《しらじら》しさはもう繕《つくろ》いようがない。自分は三浦を騙《だま》せなくなっていたし、三浦も騙されない。激しくぶつかれば、反動で離れられるが互いに何も言わず距離を保ったまま、意識しながら、無視している。何もないから惰性《だせい》のようにまだ一緒に暮らしている。

「たまに……」

三浦はテーブルの上にある煙草の箱に手を伸ばした。底を弾《はじ》き飛び出した一本をくわえる。一見健康そうに見えるこの男も、厄介《やっかい》な慢性疾患《しっかん》を体の中に潜《ひそ》ませている。またいつ増悪するかわからない病《やまい》に煙草や酒は厳禁なのだけれど、そんなこととうの昔に忘れてしまったように、躊躇《ためら》いもなく火をつける。最初の頃は口うるさく叱っていた喫煙と飲酒も、もう注意したりしない。子供じゃないんだから、いいことと悪いことの区別はつくだろう、これが自分の出した結論だった。

「たまに考えるんだよ。俺はここで何をしてるんだろうってな」

ため息と共に煙を吐き出す。

「何もしない間に、時間だけが過ぎてく気がする」

「何か趣味を見つければいいだろう。それか働きに出ればいいじゃないか、無理をしない事務程度の仕事なら大丈夫だと医者も保証してくれてるんだし」

働き口を探してやろうか、そう言っても嫌だと言い張っていたのは三浦本人。今さら愚痴《ぐち》を零《こぼ》されても自業自得としか言いようがない。

「高校もろくに出てない、病気持ちの男を雇《やと》ってくれるところがそうそうあるものか」

睨みつける瞳のきつさに躊躇い息を呑むと、それを察したのか視線が逸らされる。いつのまにか外は雨が降り出していた。窓ガラスが水滴に曇る。テレビは知らないうちに消されていて、言いようのない気まずさと雨の音だけが部屋の中を満たしていく。三浦は煙草を灰皿に押しつけ、ソファに沈み込むように深く座り、パーカーの胸許の紐《ひも》を指先で弄《もてあそ》んだ。

「離婚して二年目だったな。こんな病気になって、治らないと言われて、どうせ死ぬんなら何がどうなってもいい気がしてたんだ。どうせろくでもない人生だしな」

何を思い出したのか、不意に三浦はおかしそうに笑った。

「そういやあの時、お前はどうして俺に会いに来たんだ」

小野寺《おのでら》に言われたから、小野寺に薄情な男だと思われたくなかったから。そんなこと言えるはずもなく黙り込む。そろそろ潮時かもな、呟きに顔を上げると、三浦に視線を捕らえられた。

「久しぶりにまともな話をしたな」

この程度の会話すら交《か》わしていなかった。ずっと、何ヵ月も。

「本当は話もしたくなかったか？」

心を覗き見され、考えを読み当てられるのが怖い。三浦はソファから立ち上がった。

「切羽詰《せっぱつ》まってたんだろ。結婚は決まったけど邪魔な同居人がいる。こいつにも話をしなくちゃいけないけど、関わりたくない。延ばし延ばしにしているうちに今日になったのか」

淡々とした、決して厭味《いやみ》ではない口調だった。

「珍しく一緒の部屋にいると思ったら、そういうわけか」

呟き、ひょろ長いシルエットは部屋を出ていった。雨の音が響く中、玄関の扉が閉まる音がする。外へ出かけたらしい。静かな部屋の中で、自分だけが打ちのめされたような敗北感を噛みしめて座っていた。

「僕、先生が嫌いなんです」

意志の強そうな瞳が正面から担任教師を見据《みす》えている。それまで喋《しゃべ》らなかった男子生徒の、最初の一言だった。

四月になり、受け持った三年生のクラスの中で一人だけ、進路希望を提出していない生徒がいた。峰倉《みねくら》という名前のその男子生徒は、進路希望はおろか三者面談の連絡すら親に伝えておらず、職員室ではちょっとした騒ぎになった。峰倉は引退する二年生の三月まで陸上部のキャプテンを務《つと》めており、後輩からも慕われていた。成績も常に上位に位置し、真面目で教師から言わせれば「何一つ問題のない生徒」だった。それが新学期になるや否や突然進学しないと言い出した。職人になるとか別の目標があるのかと思い聞いてみても何も言わない。その癖進学しない意思だけは固く、親や教師も頭を抱えるばかりだった。

四月も終わりに近い金曜日の放課後、峰倉を進路指導室に呼び出した。進学するように勧《すす》めること、それが無理ならどうして進学をやめるのかその理由を聞き出すのが目的だ。峰倉が一年生の時も受け持ったことがあるが、その時は真面目な生徒という印象しかなく、こんな風に騒ぎを起こすタイプには思えなかった。

薄暗くなっていく進路指導室で、峰倉を待つ。横長のテーブルの上には明日の授業で使う参考書。今まで三度呼び出して三度ともすっぽかされた。今日もあまり期待していない。けれど対応しているという既成事実は必要だ。部屋が暗くなりすぎて参考書の文字が読みづらい。蛍光灯をつけ、腕時計を見ると六時を過ぎていた。あと五分待って来なければ帰ろう、そう思って椅子に腰を下ろした時だった。

ガラガラとなんの前触れもなく戸が開いた。問題児が顔を覗かせる。部屋の中に入り、担任教師の前までやってくると無言のまま立ち尽くした。一八〇cmは優に越しているると思われる高い身長。生徒に見下ろされるのは、あまりいい気分ではない。

「放課後に呼び出して悪かったね。どうぞ座って」

峰倉はスティールの椅子をガタガタと騒々しく引き寄せ、腰を下ろした。

「話したかったのは、君の進学についてだ」

スポーツをしていた学生らしい短い髪の毛。日に焼けた浅黒い肌。太い眉に薄い唇の男性的な顔だち。両手を学生ズボンのポケットに突っ込んだまま峰倉は担任の耳にもしっかり届く大きさの舌打ちをした。眼差《まなざ》しがきつい。子供は感情的な視線を隠しもしない。じっと睨みつける、そんな目が必要以上に自分を落ち着かなくさせる。

「進学をしないということだけど、僕はそれでもかまわないと思う。ほかに目的があってそちらに専念したいのなら応援するよ。ただ目的がないんだったら一応、こんな言い方をしたら気を悪くするかもしれないが進学したほうがいいと思う。考える時間ができるし、その間に自分のやりたいことも見つかるかもしれないしね」

返事はない。ただ敵意も剝き出しで睨みつけているだけ。目許が誰かに似ている気がする。

「君はどう思う」

自分の声ばかりが響く。

「何か、答えてもらえないかな」

沈黙と睨みつける視線が、ふと逸らされる。峰倉はうつむいたまま大きな声ではっきりとこう宣言した。

「僕、先生が嫌いなんです」

息を吞む。最初に驚いた頭は次の瞬間に怒りで埋め尽くされる。怒りを静め、声を絞《しぼ》り出した。

「僕が嫌いだから、困らせるつもりで進学しないなんて言ってるのか」

「それとこれは関係ありません。僕は先生が嫌いだから話をしたくない。もう呼び出さないでください」

峰倉は椅子から立ち上がる。勢いでスティールの椅子が倒れ、ガシャンと大きな音をたてた。

「どこが気に入らないのかわからないけど、もし僕の軽率《けいそつ》な行動や言葉で君が傷ついたことがあるんだったら謝るよ」

怒りが体中を駆けめぐる中、それでも生徒に対して低姿勢に出たのは教師という自分のプライドがあったからだ。

「別に何を言われたからというわけじゃありません。僕はただ先生の胸糞《むなくそ》悪くなる偽《ぎ》善者《ぜんしゃ》ぶりが気に入らないだけです」

峰倉は進路指導室を出て行った。足音が遠くなっていく。生徒が帰ってしまっても、机に両手をつき俯いたまま長い時間、動くことができなかった。

学校からマンションまで帰ってきたものの、その間の記憶がない。気がついた時には部屋のベッドに腰掛けて、ぼんやりと足先を見つめていた。

『偽善者』

生徒に投げつけられたこの一言で、いとも簡単に打ちのめされた。どうしてこれほどまで頭が混乱するのか。考えようとして、キーワードになる事柄に手を伸ばしかけてやめる。掘り起こすのも怖かった。ドアをノックする音が何度か繰り返され、躊躇いがちにギギッと扉が開く。

「いるのなら返事ぐらいしたらどうだ。森本って女から電話がかかってるぞ。スマホに連絡したけど反応ないから、心配で家電に掛けたってな」

「疲れてて……もう休んでいると伝えておいてくれないか」

扉を開け放したまま行かれてしまう。よろけながら立ち上がり扉を閉める。再びベッドの上に座り込んで、頭を抱えた。問題を解く公式すら引き出せずに徒《いたず》らに思考は飛び回る。行ってしまったはずの足音がまた近づいてきた。扉を開けて入ってくる。近づいてくる影に大きく身震いする。

「……寒いのか」

「違う」

両手で自分の肩を抱いた。

「疲れてるんじゃないか。帰ってきた時もひどい顔だった」

「寝てれば治るよ。横になりたいから出ていってくれないか」

「食べてないだろ。食欲もないのか。何か食べられそうなものがあったら買ってきてやるぞ」

「こんな時にお前の顔なんか見たくないんだ。早く出てけよ」

服のままベッドにもぐり込む。影の気配はしばらくそこにあったが、そのうち部屋から消えた。偽善者。頭の中を駆けめぐる言葉。なぜ気がついたのだろう。どの生徒に対しても公平に接してきたつもりだった。贔屓《ひいき》もしなかった。それなのに、どうしてあの峰倉という生徒は担任教師の本質を見抜いたのだろう。

ずっと心の中でくすぶっていた想い。三浦を置き去りにした罪悪感。自分のイメージを守りたいあまり、嘘をついて三浦を騙し続けた自分。その結果がこれだ。今、あれほど嫌っていた三浦と一緒に住んでいる。結婚という大義名分がなければずっとつきまとわれたに違いない。

視線が気になる。峰倉の視線。三浦の視線。きつく自分を睨みつけていた峰倉の目、自分を糾弾《きゅうだん》する目は三浦にそっくりだった。

一方通行の急な坂道を登りきると無人の展望台がある。小高い山の頂上にぽつんと建てられたそこには、小さな望遠鏡が南と北に一つずつ備《そな》えられていた。昼間であれば遊歩道を飾るこでまりやツツジの花を楽しむことができる。けれどあえて夜を選んで彼女をドライブがてら、デートに誘い出した。

展望台へは二十四時間自由に出入りできるが車を停《と》めた崖《がけ》に面した駐車場には、自分達以外の車はなかった。満月に近く、あたりは弱い光にぼんやりと照らし出されている。薄暗い道に戸惑う彼女の小さな手を握って、展望台へ続く階段を登った。

「綺麗な夜景だろ」

展望台の頂上は楕《だ》円形《えんけい》をしていて、南を向くと港が、北を向くと黒い影になった低い山裾《やますそ》から広がる自分達の住む街の灯が見えた。胸許ぐらいの高さでぐるり張りめぐらされたコンクリートの柵《さく》、彼女は北側の望遠鏡まで歩いてゆくと、暗闇の向こうをすっと指さした。

「あのビルの近くに私のアパートがあるんだ」

彼女の背後から指さされた闇に目を凝《こ》らす。淡い黄色でデコレーションされた夜景の中で彼女のアパートを探すのは至難《しなん》の業《わざ》で、それらしい灯を見つけ出すのにひどく苦労した。

「杉本先生の住んでるマンションはどこかな？」

彼女はコンクリートの柵にもたれて、楽しそうに夜景を眺《なが》めている。

「伊勢町《いせちよう》だったらあの大きな建物の近くかな」

かすかに夜風が吹いている。彼女は肩にかけただけのカーディガンの胸許を指先でかき合わせた。青白い月光の中、彼女の髪がさわさわと背中で揺れ、かすかに花の匂いがした。背中から抱きしめると、少しの間、腕の中で身じろぎもしなかった。キスしようとしたらまるで魚のように腕の中をすり抜け、南側の柵まで行ってしまう。逃げた魚を追いかける。南の視界には港の沿岸を彩《いろど》るライトの向こう、夜に黒く塗り潰《つぶ》された海が見えた。

「もしかして、前に誰かと来たことがある？」

聞くと驚いた顔で振り返った。悪戯を見つかった子供の目。時々彼女はそんな決まり悪そうな目をする。聞いてはいけないことを聞いてしまったのか、貝のように黙り込んでしまう。彼女は前に付き合っていた恋人のことなど一言も口にしない。だけどわかる。ここにもそいつと来たことがあるのだろう。彼女ぐらいの年齢だと過去に恋人の一人や二人いても当たり前で、昔の出来事にこだわるほど嫉妬《しっと》深いと思われたくないから、これまで何も聞かなかった。前の恋人以上の思い出を作ればいいと思っている。黙り込んだ彼女の隣に立つ。触れ合う肩先が温《あたた》かくてそれだけでなんだか気持ちが優しくなる。

「どうするの」

暗い海を一緒に見ながら不意に、主語もなしに問いかけられた。

「何を、どうするって？」

彼女は首を傾げ、彼氏の顔を見上げた。

「今一緒に住んでいる男の人。杉本先生が出ていったら、体が弱いのに一人になるのよね」

「ごめん」

唇に親指を押し当てると、驚いた彼女は小さな口を閉じた。

「二人でいる時も『杉本先生』なの。いつになったら名前で呼んでもらえるのかな」

押し当てた親指には赤い口紅の跡が残る。

「三浦は大丈夫だよ。子供じゃないんだし」

「病気の友達と一緒に住んでるって言うから、誰かがついていてあげないといけないぐらいその人の具合が悪いのかと思ってたんだけど」

普通の人はそう考える、当然だ。自分のように嫌だ嫌だと言いながらも一緒に住み続けることはしない。何もかも子供の頃とは違う。暴力的な子供は皮肉な大人になった。暴力で脅《おびや》かされることは少なくなったけれど、その代わりに自身のプライドをかけた罪悪感に苛《さいな》まれる。優しい親友を演じ続け、あげくの果てに途中で放り出し傷つけた、そのことへの代償。後悔などという言葉は使いたくなかった。もっと早く切り捨てていれば、はっきり嫌だと言っていれば、こんな風に面倒なことにはきっとならなかった。

「先生は優しくて世話焼きだよね。それに拾いものの名人」

彼女はふふっと笑った。

「どうしてそう思うの」

「私なんか拾ってるし」

「君は僕が選んだんだよ」

しんしんと音もなく月明かりが降る。彼女は泣きそうな顔をしていた。

「……そんな選んでもらえるような人間じゃないし」

謙遜《けんそん》しているのだろうか。しゃがみ込んで泣きはじめた彼女の肩を抱く。いつまでも泣きやまない細い背中はずっと小さく震えていた。結婚を控えて、情緒《じょうちょ》不安定なのかもしれない。しばらく泣くとようやく顔をあげる。ハンカチを押し当てた彼女の目許は、涙の余韻《よいん》を残して赤く腫れていた。

「気になってたことがあるんだけど、君は生徒にからかわれたりしてない？」

「別にそういうのは」

彼女は首を傾げた。

「式が終わるまで生徒には黙っているつもりだったけど、誰から聞いたのか、僕に『森本先生と結婚するんですか』なんて質問してくる子がいたんだよ。だから君はどうかなと」

「聞かれたことない」

「それならいいんだ。あっ、今何時？」

彼女は自分の腕時計を覗き込んだ。

「十一時を少し過ぎてる」

「明日も仕事があるし、そろそろ帰ろうか。ああ、仕事に行くのが憂鬱《ゆううつ》だな。今問題のある生徒を抱えているんだ。三年になってから急に進学しないと言い出して、理由を聞いても何も言わない。困ってるんだ。峰倉っていうんだけど、知ってる？」

彼女は何も言わず、伏し目がちに指先を見ている。

「峰倉元春《もとはる》君……かな」

時間を置いて返事がある。すんなり問題児の名前が出てきたことに驚いた。

「そう、その生徒。よく知ってたね」

「陸上部の子でしょ。私、女子陸上部の副顧問《こもん》だから。学生の頃に棒高跳びをしていたと言ったら、棒高跳びの子だけでも少し見てほしいって頼まれて時々練習を見に行ってる。峰倉君は棒高跳びをしてたから、それで」

いつにない早口で彼女は喋る。

「そうだったんだ。じゃあ峰倉ってどんな子か知ってる？　僕とはあまり話をしてくれないんだ。だから取りつく島がなくて正直困ってる」

「ごめん、私も男子部員とはあまり話をしたことがないんだ」

彼女は夜景に視線を向けてしまい、峰倉の話をしているうちに自分も嫌な言葉を思い出して黙り込み、そのまま会話が途切れた。翌日、担任教師を嫌いだと言い放った問題児、峰倉は「地元の企業に就職する」と一応それらしき道を親に示した。担任教師には一言の相談もなかった。

夜の十時を少し回ったぐらいの頃、笑い声が聞こえた。最初はテレビの音が自分の部屋まで洩《も》れ聞こえてくるのかと思っていたが、どうやら違う。明日の授業で使う資料の整理を終えて、もしかして誰か来ているのかとリビングを覗くと、ソファに寝そべった三浦が電話で話をしていた。三浦はスマホを持っていなくて、連絡手段は家の固定電話だけだが、そちらにもかかってくることはほとんどないので珍しい。話をしながら時折笑っている。笑い顔など最近見たこともなかった。

リビングを覗いていたことに気づいたのか、三浦は顔を上げた。けれどすぐまた電話に夢中になる。大きな声で長電話をされるのは迷惑だとはっきり言えず、ため息をついてキッチンに入り、冷たい水を飲んだ。急に空腹感を覚えて冷蔵庫の中を探り、一つだけ残っていた林檎《りんご》を取り出し洗った。皮を剝《む》く。切れ味の悪い包丁のせいで力を込めすぎてしまい、勢いで親指の先に刃先があたった。しまった、と思った次の瞬間、指先にはぷつりと赤い血が滲《にじ》んでいた。

「和也、お前に電話」

三浦が受話器を手にしたまま声を上げた。

「僕に？　お前にかかってきてたんじゃなかったのか」

止まらない親指の血を舐《な》めながら受話器を取る。その瞬間に陽気な笑い声が耳に響いた。

『ああ和也？　俺だよ俺』

小野寺だ。一昨年《おととし》の夏に田舎で再会してからは、あまり連絡を取っていなかった。

『スマホにかけてもお前につながんないからさ、三浦の家電にかけたんだよ』

「あぁ、ごめん。集中したい時はマナーモードにするからたまに気付かなくて」

『結婚式の招待状、ありがとな。俺様に一言の相談もないなんて、水臭い奴だと思ったけどまあ許してやるよ。よかったじゃないか、おめでとう。喜んで出席させてもらうからな』

「ありがとう」

三浦はすぐ後ろに立っている。聞き耳を立てられているようで、中途半端に開いていた窓のカーテンを閉めるふりで距離を取った。

『ところで話は変わるんだけどさ、来週の土曜日に従兄弟《いとこ》の結婚式があって俺そっちに行くんだよ。昼からの式なんで悪いけど前の日泊めてもらえないかな』

「別にかまわないよ。けど三浦が……」

振り返った先には誰もいなかった。知らない間にリビングから出ていっている。

『三浦には先に話をしたよ。和也がいいならいいいって言ってた。久しぶりだし三人で飲もうなんてあいつ言っててさ。酒飲んじゃいけないくせに。あいつ一人ミネラルウォーターのペットボトル抱えさせて、その隣で厭味ったらしく飲んでやろうぜ。あ、匂いぐらいは嗅《か》がせてやってもいいかな』

言い方がおかしくて、少し笑った。

『金曜の夜に行くよ。お前は仕事なんだろ。だから三浦に迎えに来てもらうことにしたわ』

「ああ、そうだな。それがいいかもしれない」

『話したいネタはあるけど、それはまた会った時にな。じゃ、悪いけどよろしく』

「ああ、また」

電話は切れた。あんなに長い間、三浦と何を話していたのか気になったものの聞けなかった。血が固まりかけた親指に気がついて、チェストの引出しから絆創膏《ばんそうこう》を取り出し張りつける。振り返ると、いなくなったと思っていた男が戻ってきてさっきと同じようにだらしなくソファに寝そべっていた。ローテーブルの上には綺麗に皮を剝かれた林檎の皿が置かれている。自分のものを横取りされたことに腹が立ったけれど、争うのも嫌で何も言わずに犯人の後ろを通り過ぎた。

「部屋に行くならこの皿を持っていけよ」

背中に声がかぶさった。三浦は林檎の皿をこちらに向かって突き出している。そのまま行ってしまうこともできず、引き返して皿を受け取った。

「お前は食べないのか」

「いい、食欲がない」

三浦は林檎を見たくもない、そんな風に顔を逸らした。食べないというのを無理に勧めることもできず皿を持ったまま部屋に戻る。指を切った間抜けな男のためにわざわざ剝いてくれたのだろうか。それとも厭味か？　持ち込んだものの三浦が剝いた林檎だと思うと食べる気も失せてベッド脇のサイドテーブルに寄せておいた。

ベッドに入る前に、時間がたちすぎて薄茶になった林檎をごみ箱に捨てた。その夜、一晩中部屋から甘い林檎の匂いが消えなかった。

ドアを開くと同時に、部屋の奥から声が響いた。玄関に見慣れない靴。腕時計で時間を確かめる。午後六時五分。午前中で仕事を終わらせてから電車に乗るので下手《へた》したら着くのは夜の八時を過ぎるかもしれないと聞いていたけれど、仕事は上手《うま》く片付いたらしい。靴を脱ぎ、騒がしい声のするリビングを覗いた。

「ただいま」

　声をかけると三人がけのソファに座っていた小野寺は「よっ」と片手を上げた。仕事を終えてそのまま電車に飛び乗ったのか野暮ったいグレイのスーツ姿だ。その向かい、一人がけのソファに陣取る同居人には故意に視線をやらなかった。

「久しぶり。けどずいぶんと早かったな。腹は空《す》いてないか」

　小野寺は首を横に振る。

「こっちに着いたの五時前だったんだ。昼食わずに電車に乗っちまったもんだから腹空いてさ。三浦に付き合ってもらって着いて早々に食っちまった」

「そうか」

　三浦がソファから立ち上がった。

「和也、コーヒーでいいか」

「ああ、ありがとう」

　テーブルの上には既にコーヒーが二つ。一人だけないのもどうかと気を遣われたのだろうか。そんなことを考えて三浦の背中がキッチンの奥に消えていくのを目で追っていると、いなくなったのを見計《みはか》らったように小野寺が顔を近づけてきた。

「……何かあいつ、変じゃないか」

神妙な口調だった。

「変って、三浦のことか？」

小野寺は眉間に皺《しわ》を寄せた。

「顔色も悪いし、疲れてるみたいだしさ。少し歩いただけでゼエゼエ息切らすし、絶対に変だよ。今日だって、レストランで注文したはいいけど、あいつ食わないでほとんど残したんだ。喉が渇くって水ばっかりガバガバ飲んでるしさ。具合が悪いんじゃないかと思って聞いても『大丈夫』って言い張るし。こっちに来てからちゃんと定期的に病院行ってるのか、あいつ」

聞かれても、三浦の体のことなど知るはずがない。こちらで病院に通ってるかどうかなんて聞いたこともないし、奴も何も言わない。普段から意識的に見ないようにしていたから具合が悪いなど気づかなかった。黙り込んだ自分の肩を小野寺は強く叩いてきた。

「三浦がお前と暮らしはじめたって聞いて、驚いたけど正直ほっとしたんだよ。やっとわだかまりがなくなったんだなと思ってさ。結婚してお前がここを出てくまで、もうちょっとの間だけでも、あいつのこと見ててやってくれよ」

不意に小野寺が口を噤《つぐ》む。居間に戻ってきた三浦は、コーヒーをテーブルに置くとソファに崩れ落ちため息をついた。小野寺に言われて初めて、ひどく具合が悪そうだと気づかされる。こんなに顔も青白かっただろうか。

「どこか具合が悪いのか」

三浦は顔を上げてこちらを見ると、うっすらと笑いながら投げやりな仕種で力なく首を振る。ソファの上で頬杖をついて、ぼんやりと壁の一点を見つめていると思ったら不意に吹き出した。

「ちょっと……疲れてるかもな」

笑いの余韻を引きずりながら、おかしそうに喋る。

「部屋で休んでたらどうだ。具合が悪かったのなら僕が迎えに行ってもよかったのに」

「別に、今日に始まったことじゃないからな」

三浦はテーブルの煙草に手を伸ばす。

「おいおい、こんな時まで煙草か。医者に止められたってお前自分で言ってたじゃないか」

見かねた小野寺が椅子から立ち上がり、煙草を取り上げた。

「こんなことばっかりしてたら本当、早死にするぞ。だいたいなあ……」

小野寺はこんこんと説教し、三浦の肩を叩いた。

「この前結婚するかもしれないって言ってたじゃないか。あれは嘘か」

「決めたわけじゃない」

三浦が喋ると、胸が大きく動いた。

「結婚するって……誰が？」

もしや、まさか……と思いながらの自分の問いかけに、小野寺は勢いよく振り返った。

「誰って三浦に決まってるだろう。和也の結婚が決まって、三浦も決まりそうだって言うから俺はめでたいこと続きだってこの前の電話で……ちょっと待て……」

驚いている自分と明後日の方向をむく三浦を見て、小野寺は額を押さえた。おそるおそる聞いてくる。

「もしかして……和也、知らなかったのか」

「聞いてない」

「三浦っ、和也に話してなかったのか！」

「まあね」

小野寺はため息をついた。

「お前ら一体どうなってんだよ。三浦も三浦だ。どうしてそんな大事なこと、そばにいる和也に話してないんだ。お互いに秘密主義ってわけでもないだろ」

三浦は気《け》だるげに呟いた。

「やっぱ、喜んでくれる奴に最初に言いたかったからさ」

背中に冷水を浴びせかけられたような瞬間だった。

「俺、寝るわ」

鼻先で笑って三浦は部屋を出ていく。小野寺は呆気に取られた顔、故意に何も知らされなかった自分は、ただただ決まり悪さにうつむくだけだった。


自分の部屋に小野寺を寝かせることにして、絨毯《じゅうたん》の上に来客用の布団を敷き、真新しいシーツをかけた。せっせと寝床《ねどこ》を作っている間、小野寺は椅子を跨ぐ形で腰掛け、何も言わずにじっとこっちを見ていた。

「三浦、彼女に子供ができたんだと」

できあがったばかりの寝床の上に座り込み、小野寺はぽつんとそう言った。

「この前の電話で、付き合ってる彼女に子供ができたから多分結婚するってな」

「そうか」

小野寺は所在なげに首筋を掻《か》いた。

「三浦の彼女のこと、お前どこまで知ってる？」

「いるらしいって雰囲気だけ。何も聞いてない」

「お前ら、一緒にいてもなんの話もしてないんだな」

さりげない、そしてきつい一言だった。

「お前と一緒に旅行した時に知り合った女子大生だって話してたぞ。もう就職して社会人らしいけど」

去年の夏の記憶。キャンプで知り合った大学生なら、あの子だろうか。確か国元《くにもと》とかいう名字だった。だけど顔もはっきりとは思い出せない。

「子供ができたから結婚ね」

三浦がだらしのない男の典型に思えた。自分の行動に責任の持てない、いい加減な人間の見本。

「三浦はそのパターンが多いよな。前も確か……」

言ったあとで、小野寺は慌《あわ》てて口を押さえた。

「前もって、最初の時もできてからの結婚だったのか」

問いかけに、小野寺は唇を嚙みしめる仕種をする。

「まあ、なあ」

三浦は二十一で最初の結婚をしたから、子供は今年で六、七歳、小学生になっている。自分が初めて三浦に会った時と同じぐらいの年齢だと考えると、背筋がぞっとした。あの三浦の分身……。

「和也、あのさ」

小野寺は躊躇いがちに切り出した。

「話さなかったのは、あえて教える必要もないと思ってたからなんだけど……こういうのは他人が言うべきことでもないと思うからさ」

「何が言いたいのかわからないよ」

困った表情で小野寺は頭を搔いた。

「本人から直接聞いたほうがいいと思うけど今のお前らじゃ無理だろうし、それまでに三浦に子供がいるんだろうって聞かれてもやばいしなあ」

小野寺は酒が欲しいな、と苦笑いした。

「あいつの最初の子供はさ、死んだんだよ。生まれつき肺に障害があって、手術したけど駄目で、半年も生きられなかったんだと。あいつはすごく落ち込んで、酒飲んで仕事もろくにしなくて、そうしているうちに奥さんがほかに男作って出ていったんだ」

「……そうか」

奴が不幸なのは自分のせいじゃない。三浦自身が招いたことだ。

「離婚して、酒もやめて真面目に仕事しようとしてた矢先に今度はあの病気だろ。可哀相でさ」

「なんだか眠たくなってきたな」

三浦の話をしたくなくて、会話を遮《さえぎ》り蛍光灯のリモコンに手を置いた。

「お前ってさ、三浦のことに関しては超ドライだよな」

「もう暗くするから」

パチリと灯《あかり》を落とす。三浦の話はもう終わり。ベッドにもぐり込んでごそごそと眠る態勢を整える。

「あいつの子供の名前、知ってるか」

「名前……」

眉をひそめる。そんなの知るわけもないのに、自分が嫌がっているのがわかってい るだろうになぜ小野寺が話を続けようとするのか、意図がつかめなかった。

「男の子だったからさ、お前と同じ名前をつけたんだと。よくよくお前とは縁がない もんだって自分で言ってたよ」

「おやすみ」

人間の思考回路にもスイッチがついていて、一緒に消えてしまえばどれだけよかっ たか。目を閉じても、考えたくないのに頭の中は見たこともない子供の声が響く。自 分と同じ名前の子供……悪い夢を見そうだった。


どうしてここに、薄暗い部屋の中、長椅子に座って下を向いたまま泣きやまない女 性の前に、ぼんやりと立っているのか。真夜中に近い時刻。病院の待合室には四つの 影。泣く女と、それを慰《なぐさ》める男。二人を呆然《ぼうぜん》と見下ろしている男が二人。黒のスーツ の上下に白いネクタイ、結婚式が終わってそのままの恰好《かっこう》の小野寺が、首筋を掻きな がら女性に声をかけた。

「国元さんでしたよね。俺らにも今一つ状況がよくわからないんで、もう一度説明してもらえませんか」

「何度も言ってるだろ」

髪を振り乱し泣きじゃくる国元に代わって答えたのは、隣に座っている男。敵から姫を守る勇者のように国元の肩を抱き、睨み上げてくる男を、知っている。去年の夏、キャンプに来ていた大学生の一人で斉藤《さいとう》という名前だった。眼鏡をかけて、神経質そうだなと思ったことを覚えている。興奮しているのか、斉藤の目は獣《けもの》のように鋭く、食ってかかる話し方をした。

「用があってたまたま彼女のアパートに寄ってみたら、あいつが彼女に乱暴してたんだ。こう、髪をつかんで顔を叩いて……だから慌てて止めに入った。一発腹を殴っただけなのに大げさに倒れて動かなくなって、仕方ないから救急車を呼んだんだ」

「それはもう聞いたよ」

小野寺は右手で額を押さえた。

「俺が知りたいのは、どうしてそんな喧嘩になったかだ。確かにあいつはすぐに手が出るけど、理由もなく人に暴力を振るうようには思えないんでね」

「こんな状態の彼女に話をしろって言うのか。震えて怖がってるのに。少しは人の気持ちも考えろよ」

　小野寺は斉藤を無視して膝を折り、国元と同じ目線まで腰を落とした。

「殴った本人に聞けたら一番いいんだけど、さっき薬でやっと眠ったって看護師さんが話してたから」

　小野寺が優しい声で語りかけると彼女、三浦の恋人である国元美佐《みさ》は、泣き濡《ぬ》れた顔を上げた。細い顎の輪郭《りんかく》に整った形の瞳。綺麗な顔なのに、右頬は赤く腫《は》れ上がっていた。

「喧嘩の原因は何か、話してもらえないかな」

　国元は口許を押さえて嫌々をするように首を横に振った。

「すみません。どなたか三浦恵一さんのご家族の方はいらっしゃいませんか」

　若い看護師が待合室の入り口から声をかけてくる。斉藤が「ミウラケイイチ？　杉本じゃないのか？」と首を傾げた。

「医師がお話ししたいことがあるそうです」

　小野寺と顔を見合わせ、結局二人で連れ立って医師のもとへ向かった。第一内科と書かれた狭い診察室の中には、三十代半ばと思われる眼鏡の医師がパソコンのモニターを覗き込みながら首を傾げていた。人が入ってきたことに気がつくと「どうぞお座り下さい」と椅子を勧めてくる。

「喧嘩して、腹部を殴打されてこちらに来られたとのことですが、そちらのほうは心配いらないと思います。外傷もないし、エコーでも内出血の所見はありません。深刻なのは腎臓のほうですね。本人は自身の病気についてご存じなんですよね」

念を押された。

「検査をしたんですが、尿中の蛋白量《たんぱくりよう》が多くなってます。浮腫《ふしゆ》、いわゆるむくみですか、それもひどいし腎機能も低下してます。最近食欲がない、体がだるいと言ってませんでしたか」

「ああ……少し……」

答える自分の声は尻窄《しりすぼ》みに小さくなる。

「食事療法もきちんと行って薬も飲んでいてひどくなったのなら、別の治療パターンを考えないといけませんが、自己管理ができていないのなら、患者教育が必要になります。この病気は毎日の規則正しい生活が大切ですからね。本人に治す気がないのなら症状が悪化しても自業自得ですよ」

「そんなに悪いんですか」

小野寺がおそるおそる問いかける。医師はフッと息をついた。

「まあ……若い人ですし、二、三週間入院して治療すれば状態も落ち着いて自宅で療養できるようになるでしょう」

診察室を出るまで自分達は無言だった。後ろ手にドアを閉めたあと、小野寺は「あー、くそ」とセットしていた髪をグシャグシャと掻き回した。

「どうしてあんなになるまで放っといたんだろうな。自分でわからなかったわけじゃないだろうに」

「三浦の考えてることはわからないよ」

小野寺は何度も、神経質に指を鳴らした。

「わかろうとしないと、わからないこともあるんじゃないのか」

三浦を理解しないことを、どうして小野寺に責められなくてはいけない？　腹立たしさを口に出せず、奥歯を嚙みしめたまま隣を歩く。待合室に戻ると、誰もいなかった。小野寺は慌てて廊下を走る。つられて後を追いかけた。斉藤が国元の肩を抱いて正面玄関にいるのを見つけた時、小野寺は駆け寄って国元の腕をつかんだ。

「まだ、話を聞かせてもらってないよ」

斉藤が小野寺から国元を引き剝《は》がす。

「今日はいったん家に帰らせてあげてくれませんか」

抱き寄せる斉藤の腕を、国元はやんわりと押し返した。目尻に残る雫《しずく》を指先で払い、顔を上げる。

「……嘘をついたの。あの人いつも冷《さ》めてて、会ってもするだけで、私の話なんか少しも聞いてくれなかった。だから困らせるつもりで妊娠したって嘘をついたの。そうしたらこっちが引くぐらい喜んで、入籍しようって言ってきて……」

静まり返った薄暗い階段に国元の声だけが響いていた。

「それから人が変わったみたいに優しくなって、嬉しかった。本当にできたらいいなと思って誘っても、妊娠初期は子供によくないってしなくなって……だんだん嘘をつき続けるのが苦しくなってきて、全部嘘なの、ごめんなさいって謝ったら、『俺を馬鹿にしてるのか』ってすごく怒った」

彼女は知らなかった。知っていたら冗談だって三浦にそんな嘘をつくはずがない。

小野寺は最悪だと言わんばかりの表情で頭を左右に振った。

「嘘をついたのはよくなかったと思う。怒られても当然だって。けどそれってあんなに殴られなきゃいけないぐらい悪いことだったの」

悲鳴のような声。そして唐突に気づいてしまった。三浦は彼女にすら肝心なことは何一つ話してはいなかったのだということを。

三浦が入院している間、頻繁《ひんぱん》に見舞いに行った。行きたかったわけではないから「行かされた」とするほうが正しいのかもしれない。自分と三浦の冷たい関係を知った小野寺が、二日とあけずに三浦の容体を聞きに電話をかけてくるので、それに答えないといけないから、無視していられなかった。

国元も何度か来ていたけれど、三浦は「顔も見たくない」と拒絶した。国元は被害届を出さなかったので復縁したかったのではないかと思うが、三浦は話しかけられても無視。彼女を見ようとさえしない。そんなわかりやすい、はっきりとした態度に国元の足も自然と遠のき、そのうち訪ねてこなくなった。

学校の帰り、病院に寄るのが日課になる。三浦は自分が来てもほとんど話をせず、そんな重苦しい雰囲気の中で長居できるはずもなく、時計の針を追いかけるような気持ちでいつも十分前後で早々に病室を退散した。

そんな頃、学校の中で婚約者に呼び止められた。「最近すぐに帰っちゃうけど、どうかした？」と言われ、同居人が入院したんだと白状すると、彼女は「お見舞いに行

って もいい？」と聞いてきた。

「そんなに気を使わなくてもいいよ」

見舞いに行きたいと言い出しそうな気がしたから、あえて黙っていた。彼女を三浦に会わせたくなかったからだ。奴は現在進行形で不幸の底を舐めているというのに、自分だけ幸せ一杯という顔で彼女を連れていくというのは、厭味でしかない。それに三浦が婚約者である彼女の存在をどう思っているのか、本当のところはわからなかった。複雑な自分の心境が彼女に伝わるはずもなく、せがまれるまま押し切られる形で病院に連れて行った。三浦が入院して四週目、結婚式まで一ヵ月を切っていた。

三浦には彼女を連れていくことを事前に教えなかった。言えば連れてくるなと言われる気がしたからだ。ドアの外に彼女を待たせ、先に病室に入る。三浦はいつものようにベッドの上で本を読んでいて、足音に気がついたのか顔を上げた。治療と規則正しい生活。ここ何週間かで顔色はずいぶんよくなった。けれどまだ両足のむくみのほうが続いていて、歩くと疲れる、と話していた。

「今日はお前を見舞いたいって人を連れて来てるんだ」

「誰だ？」

三浦は怪訝な顔をした。

奴の了承を得ずに病室に彼女を招いた。

「僕の婚約者で森本敦子さん」

入り口のドアから顔を覗かせた彼女に三浦は驚き、一瞬だけ自分を睨みつけた。

「こんにちは、はじめまして三浦さん。森本です。前に一回、電話でお話しさせてもらいましたよね」

彼女は三浦のそばまで歩み寄ると、花を手渡した。ここに来るまでに彼女自身が選んで買った薄い桃色のチューリップの花。三浦は仕方ない、そんな風に花を受け取った。そして膝の上に置く。

「ありがとう。けどここには花瓶がなくてな」

「ごめんなさい、それだと切り花は困りますよね。ちょっと買ってきます」

止める間もなく彼女は病室の外へ出ていった。三浦は花を床頭台の上にぽんと放り投げる。

「老《ふ》けて見える女だな」

ぼやき、首を傾げた。

「前にどこかで見たことがある気がする」

「会ってるかもしれないね。わりと近くに住んでるから」

三浦は読みかけていた本を枕許に置いた。

「そういや来月は結婚式だな。住む部屋は決めたのか」

それはあまり聞かれたくない事柄だった。

「どの辺」

しかし答えなくてはいけない。

「小業《こむろ》のほうだよ」

「ずいぶん遠いな」

これから先も三浦がこの町にいる限り、友達付き合いをしていかなければいけないのはわかっているから、少しでも関わりを少なくするために、マンションに残る三浦が距離を理由に足踏みする、そんな場所をわざわざ選んだ。彼女が花瓶を片手に戻ってくる。透明な円筒形の花瓶にはすでに水が入っていて、彼女は花の包装を解いて挿《さ》した。花の置かれた場所だけぱっと明るくなるものの三浦には甘い色の花など少しも似合っていなかった。

「男の人にお花なんてどうかと思ったんだけど」

食べ物の差し入れが難しいので他に選択肢はなかった。

「綺麗ですよ。殺風景だからちょうどよかった。花瓶まで買いに行かせてすみません」

三浦が笑い、彼女もつられるように微笑んだ。

「和也さんとは小学校からの幼なじみなんですよね」

取ってつけたような顔で三浦が笑う。

「こいつは頭のいい奴だったから、いつも勉強を教えてもらってたんですよ。その頃から人にものを教えるのが上手だったから教師になったと聞いた時には『やっぱり』って思いましたね」

そつない態度で言葉を返しながら、三浦は彼女を観察することをやめない。頭のてっぺんから爪の先まで眺め回す。不意に三浦の笑いが顔の上で固まった。

「和也、病院の売店でこの作者の本を買ってきてくれないか」

枕許の本を差し出してくる。それはベストセラーになっている海外ミステリーの文庫だった。

「これ以外ならなんでもいい。なかったら悪いけど近くの本屋も見てきてくれないか」

面倒だなと胸を過《よぎ》るも、断るほど手間でもない。

「ああ、いいよ」

彼女が振り返って自分を見た。

「ここにいて。すぐに帰ってくるから」

足早に病室を出る。さっさと本を買い、奴に渡して帰る。三浦の相手は本にさせればいい。

売店にその著者の本はなく、仕方なく病院の向かいにある本屋まで行く。一冊だけあったそれを買う。十分もかからず病室に戻ると、彼女は三浦の向かいにある椅子に座って両手で顔を覆《おお》い、肩を震わせて泣いていた。

指の隙間《すきま》から零れる涙。そんな風に泣いているのを見るのは初めてで、頭の中が一瞬で熱くなった。

「お前、何をしたんだ」

きつく三浦を問い詰める。泣き顔の彼女が慌てて首を振った。

「待って、三浦さんは悪くない」

口許にうっすらと笑いを滲ませたまま三浦は肩をすくめた。

「だとさ」

「何か言ったんだろう。どうしていつも……」

「違うの。私が……私……」

言い淀《よど》む唇。三浦はため息をついて額を掻いた。

「結婚前で情緒不安定なんじゃないのか。女はデリケートだから気をつけてやらないとな。それでなくてもお前は無神経なところがあるんだから」

この男に無神経と言われたのが癇に障《さわ》る。それが顔にも表れていたのか三浦は面白そうに笑った。

「早く彼女を送ってってやれよ。森本さん、今日は来てくれてありがとう」

よろけるように立ち上がった彼女の肩を抱いて歩く。帰りの車の中でも彼女は黙ったままだった。

「三浦に何を言われたの」

いくら聞いても彼女は首を横に振るばかり。あんなに泣いてたのに何もなかった訳がない。胸の中には大切なものを傷つけた男への怒りだけが堆積《たいせき》していった。それがあって以降、見舞いに行くのを止めた。奴からも連絡はなかったし小野寺には風邪を引いて行けないと言い訳した。風邪の言い訳が苦しくなった一週間後、再び訪ねていった時は、検査に出ていて部屋にはいなかった。

床頭台の上には萎《しな》びたチューリップがだらりと頭を垂れていた。枯れたなら捨てればいい。こういうのを見ていると、気分が沈む。花を屑籠《くずかご》に捨て、空《から》の花瓶をしまっておこうと床頭台の扉を開けると、中には文庫本が何冊か積み重ねられていた。この前買ってきた著者の本は、同じタイトルが二冊あった。持っているのに本を買いに行かされたのだ。彼女だけ残らせ言葉で中傷し、傷つけるつもりで自分を遠ざけたのだろうか。そうとしか考えられない。納得のいく答えに行き着き、ようやく薄れかけていた怒りがふつふつ蘇《よみがえ》ってきた。顔を見ていく気もなくなり部屋を出る。よく本を読んでるからと差し入れに自分の好きな作家の文庫を買ってきたが馬鹿らしくなり、エレベーターの横にあった屑籠に書店の袋ごと乱暴に叩き込んで捨てた。

三浦は結婚式の一週間前に退院した。奴がマンションに帰ってきた時には、自分の荷物は全て新居に運び込んでいて、残っているのは三浦の持ち物だけ。退院した三浦を車で迎えに行き、家まで送る。久しぶりに足を踏み入れたマンションは、淀んだ空気の匂いがしていた。閑散《かんさん》とした同居人の部屋に気付いても、夜になり新居に帰っていく自分を見ても、病み上がりの男は何も言わなかった。

式が始まるまであと三十分ほど。着替えを終えた新郎は、控え室で世間話に花を咲かせる家族と親戚から離れて廊下に出た。廊下の突き当たりにある長椅子には三浦と小野寺がいる。三浦は壁に凭れて立ち、小野寺は椅子に座って手のひらの中の小さなメモをちらちら眺めながら、うつむき加減にぶつぶつ呟いていた。

「二人とも、今日は来てくれてありがとう」

声をかけると、小野寺は頰を引き攣らせた。

「俺メチャクチャ緊張しててさ、もう何回トイレに行ったかわかんないよ」

「まだ式も始まってないのに、すごい汗なんだぜ、こいつ」

三浦が笑う。父親の形見だというマオカラーの黒いスーツは、細身の体によく似合っている。

「友人代表の挨拶《あいさつ》がこんなにプレッシャーになるとは思わなかった。三浦に代わってもらいたいよ」

「俺も嫌だね」

三浦はちらっと舌を出し、小野寺はため息をつく。友人代表を小野寺に頼んだことが気になっていたけれど、三浦は気にしていないように見えた。

「じゃまたあとで。小野寺、頼んだからな」

言い残し、右奥にある新婦の控え室まで行く。

「すみません、杉本ですが」

ドアが開く。背の低い彼女の母親は、新郎の姿を見つけるとにっこり笑った。

「敦子さん、用意できましたか。待ちきれなくて……」

チラと中を覗き込む。彼女は椅子に座りドアに背を向けている。自分と同い年の彼女の妹が、大きく手招きした。

「どうぞ入ってきて。我が姉ながら綺麗ですよ」

振り返った彼女は人形のように綺麗だった。タイトなラインの白いウエディングドレスがよく似合う。本当にこの人が自分の妻になるのかと実感できなかったぐらいに。

「すごく綺麗だ」

呟いた本音に、彼女の頬が真っ赤になった。

「やめて。すっごく恥ずかしい」

「本当だよ、こんなに綺麗な人を今まで見たことがない」

「やめてったら」

彼女はますます赤くなり、義妹《いもうと》とお義母《かあ》さんはいつのまにか部屋からいなくなっていた。二人きりで向かい合っているとなんだか照れ臭くなってくる。

「親子水入らずのところを邪魔しちゃったみたいで悪かったね」

「大丈夫。気にしないで」

艶のある唇。綺麗にカーブする睫毛《まつげ》。彼女の手に触れた。

「キスしたいけど、やっぱり今は駄目かな」

彼女はクスリと笑って「いいよ」と目を閉じた。唇が重なる寸前に、バタンとドアが開く音がした。慌ててお互いに距離を取る。ドアのほうを見た彼女の顔が歪《ゆが》んだまま凍《こお》りつく。そこにいたのは、峰倉だった。受け持ちクラスの問題児。彼は堂々と部屋の中に入ってくる。

「二人は親戚か何かだった？」

どちらへともなく聞いたけれど、返事はない。峰倉はTシャツにジーンズと結婚式に参列しようとする人の恰好ではなく、訳がわからず首を傾げる。峰倉は自分たちに向って、ガバッと頭を下げた。

「先生に謝りに来ました」

「えっ、僕に？」

迷惑をかけたお詫《わ》びをしようというのなら、別に今でなくてもよかったんじゃないだろうか。非常識だなと思いはしたもののまだ子供だし、式場でアルバイトをしていて偶然見かけて、ということなのかもしれない。それに頑《かたく》なだった生徒がようやく打ち解けてくれようとしたこのタイミングを無視することはできなかった。

「自分の将来について悩むのは当たり前だから、気にしないで」

「先生にお願いがあります」

何を言い出すんだろう。式の始まりまであまり時間はないのに。

「森本先生を諦めてください」

彼女に近づいた峰倉は、ウエディングベールを乱暴に剝《は》ぎ取った。

「なっ、何するんだ」

駆け寄った担任教師を片手で乱暴に払う。バランスを崩して咄嗟に椅子を摑んだもののの体を支えきれず、後ろ向きにドッと倒れた。

「待ってろって言ったのに」

峰倉は低い声で呟いた。

「嫌よ」

彼女はじりじり後ずさった。ドレスの裾を踏みつけたのか、ビリッと布地の破れる音がする。

これは……なんだ。立ち上がることも、目の前にある状況を理解することもできない。

「約束なんかしなかった。帰って。私はもう結婚する。そう決めたの」

よろける足で何とか立ち上がり、高校生を押しのけて彼女を背中に隠した。

「君はもう帰りなさい」

たとえ何があったとしても、どんな理由があろうとも峰倉に彼女を渡すわけにはいかない。

「こっ、高校生なんかと……本気で付き合うわけないじゃない」

背中で彼女が叫ぶ。その一言で大柄な高校生が迫ってきて、突き飛ばされた。彼女を守るはずの盾は、無様に床へ転がる。峰倉は彼女の頬を思い切り叩いた。

「本気かどうか、それぐらい俺にだってわかる」

峰倉に抱きしめられて彼女は泣きはじめた。

「嫌よ、離して。君なんか大嫌い、大嫌い」

綺麗だったメイクが跡形もなく崩れてゆく。

「無理、絶対に無理。歳が一回りも違うんだよ。それに私、先生なのに……」

峰倉は泣きじゃくる彼女の目尻に自分のシャツを押し当てた。

「行こう」

峰倉に手を引かれて、彼女の足が揺らいだ。

「……どこに……」

彼女が自分を見た。後ろめたさに満ちた瞳。それはすぐに峰倉へと向けられた。

「どこか」

峰倉は彼女を連れていく。引き止めることもできないまま、花嫁を奪われた間抜けな新郎は、二人の出ていったドアをただ呆然と見ていた。


新婦がいない状況で結婚式を始められるわけもなかった。彼女の居どころを聞かれても男と出ていったなど口が裂けてもいえず「急にいなくなった」としか答えられなかった。結局、集まってくれた人を一時間以上も待たせたあげく、ブライダルの担当者に、式場的にこれ以上待つのは無理だと言われ、結婚式は中止。花嫁の具合が悪いということにして客には帰ってもらった。

式場の控え室で両家の両親が顔を突き合わせて黙り込む。どうして彼女がいなくなったのか誰にもわからなかったからだ。誘拐かもしれない、警察に連絡を……そんな話が飛び交う息詰まるような時間も、彼女からの一本の電話で終了した。逃げた理由を「ごめんなさい」としか言わない花嫁に非難が集まり、彼女の両親は新郎になるはずだった男に何度も頭を下げた。

親や親戚を帰してから道化《どうけ》の衣装になったタキシードを脱ぎ、一人式場を出る。式を挙《あ》げたホテルで一泊し、次の日から新婚旅行へ出かけるつもりで、一週間の休みをもらっていた。旅行はキャンセルしないといけないんだろう。いや、もしかしたら彼女は帰ってくるかもしれない。藁《わら》にもすがる思いが心の中で膨《ふく》れ上がっていく。早くあの新居に帰らないと、二人で住むはずのあの場所へ。冷静になり、考え直した彼女が連絡してくるかもしれない。そしたら全て仕切り直して……。

「和也」

彼女のことだけで頭が一杯だったので、式場から出てすぐの歩道の脇に三浦が立っていたことに気がつかなかった。脱いだ上着を片手に、一人煙草をふかす男。手にしていた煙草を地面に落として踏みつけ、ゆっくり近づいてきた。

「小野寺は帰ったぞ。明日は仕事だってさ」

「ああ、そうか」

余計なことは何も考えたくないのに、対応しないといけない。どうしてこんな時に呼び止めるのか……苛々《いらいら》する。

「式が中止になって残念だったな」

そういうことにしていたから、がっかりした風を装《よそお》って答えた。

「仕方がないよ。彼女の具合が悪かったんだから」

教え子の高校生と出ていかれた、そんな情けないこと絶対に知られたくない。

「わざわざ来てもらったのに、こんなことになって申し訳なかったね。気をつけて帰ってくれ、じゃ」

軽く頭を下げ、横を行き過ぎた。

「裏の階段から出ていくお前の女と若い男を見たぞ。駆け落ちするほど重症だったんだな、あの女。ああ、もうお前の女でもないのか」

投げかけられた言葉に背中を切りつけられる。両足がぴたりと止まった。……おそるおそる振り返る。

峰倉を焚《た》きつけて彼女を奪わせたのはこの男の策略だったんじゃないかと、そんな馬鹿げた考えが浮かぶ。三浦が峰倉を知るはずがないのに。

うつむき加減の三浦の顔は笑っているように見えた。大股で近付き、往来の中だということも忘れて、激しくその頬を打った。通りがかりの人が驚いて振り返る。右に顔をしならせた三浦は、赤くなった頬を右手で擦った。

「お前が見舞いに連れてくる前に、俺はあの女を何度か見たことがあった」

三浦の口が動く。

「ラブホでな。齢が離れてたのと坊主頭が珍しくて覚えてた」

「どうしてっ」

どうして教えてくれなかったのか。言いかけた言葉は遮られた。

「見舞いだってお前が女を連れてきた時、本を買いに行かせてる間に聞いてみたんだ。若い男とホテルで一緒だったあんたを見たことがあるってな。あの女、お前には絶対に言わないでくれって泣き出した。女がお前を選んで、あの男と切れるんならかまわないし、昔の男の話をしたところで混乱するだけだろうと思ったしな」

「ご親切に……黙っててくれたわけか」

自分の知らなかった事実をこれでもかと目の前に広げられる。お前は何も知らない間抜けなんだと憐れまれている。被害妄想的な気分に支配されてゆく。向かいの男は緩慢《かんまん》な動作で、上着から煙草を取り出した。

「まさかこんな土壇場《どたんば》で女を連れ出されるとはな。お前も可哀相に」

可哀相だと、三浦なんかに言われるのが耐えられなくて叫んでいた。

「馬鹿にするな」

「馬鹿にはしてないさ、本当に気の毒だと思ってるよ」

淡々とした口調で語る。

「もう口を開くな。何も言うな。お前が何か言えばそれだけで腹が立つ。そうだよ、僕は彼女に逃げられた。それを見て満足だっただろう。もう帰れっ」

虚勢《きよせい》も剝ぎ取られ、裸のまま晒《さら》される羞恥《しゆうち》。高校生の恋人ほど彼女に愛されていなかった、そう思い知らされただけでプライドはズタズタだったのに、三浦は傷口に塩を塗り込む。

「……同じことを俺じゃなくて小野寺が言ったなら、もっとちゃんとお前に伝わるんだろうな。皮肉に取ったり馬鹿にしているとは思わないでさ。俺だから腹が立つんだろう」

人の顔を覗き込み、三浦は目を細めた。

「成長がねえよなあ、俺達も。同じことを繰り返すばっかりでさ。お互いに思いやりなんて言葉もないし、まるでガキだ」

　あたりには闇が落ち、家路を急ぐ人は道の真ん中に突っ立ったままの男二人に、迷惑そうな視線を投げかけ通り過ぎていく。

「お前に何も言わずにいなくなりゃ、それはそれでスマートなやり方だったんだろうが俺は成長しねえガキだからな、ガキのついでに言わせてもらう」

　三浦はにっと笑って震えていた新郎の肩をグッと握った。

「ざまあみろ」

　三浦を殴り飛ばした。……腰から地面に落ちた男はハハッと声をたてて笑う。そうして立ち上がるとこちらに背を向け、夜の中に消えていった。


　結婚休暇でもらった一週間の休みの間、一歩も外へ出ずに新居で過ごした。そこには彼女との新生活のための新しい家具や食器、家電製品が包装も解かれないまま積み重ねられていて、目にするたびに気分が暗く沈んだ。表に出かけられなかったのは、考え直した彼女が戻ってくるかもしれない、そう思ったから。せっかく戻ってきても誰もいなかったら彼女は困るだろう。何しろ相手は十代の高校生、上手くいかなくて当然なのだから。

峰倉を憎んだ。いとも簡単に彼女を奪っていった生意気な高校生を。峰倉が担任教師を嫌いだと言ったのはとても単純な理由だった。人の内面を理解したわけではなく、彼女の男だったから「嫌い」だったのだ。峰倉を憎みはしても、不思議と彼女を恨むことはできなかった。情けないぐらい戻ってきてほしいと願った。帰ってきたら今までのこともすべて無条件に許して、抱きしめられると思った。

何の連絡もないまま一週間が過ぎ、八日目に高校へ行った。彼女が生徒と駆け落ちしたという話は、職員全員が知っていた。どれだけ口止めしても噂は人の口から口へ流れていく。当然生徒の耳にも届く。彼女の退職理由は病気によるものとなっていたし、生徒にもそう伝えられたが、誰も信じてはいなかった。非難のほとんどは彼女に集中した。地味でおとなしかった彼女の印象は、生徒を誘惑した破廉恥な女へと変身した。残された男は悲劇の主人公になると同時に情けない男という烙印《らくいん》を押された。同情と哀れみと嘲笑《ちょうしょう》の声、視線。表面上は自分を気遣って彼女の話はしない。だけどひとたび裏に回れば情け容赦《ようしゃ》ない言葉の針が人を突き刺した。

「高校生に持っていかれるとはね」

自分が背後にいると知らない同僚は、そう呟いていた。

「センセ、もっとしっかり捕まえとけよな」

冗談半分、男子生徒に肩を叩かれる。それにどれだけ人が傷つけられるかも知らないで……奪われる直前まで男の存在など知らなかったのに、どうやって捕まえていられたというのだろう。

鬱屈《うっくつ》したまま二ヵ月が過ぎた、八月も半ば、夏も終わりかけた頃に峰倉を見かけたという噂を聞いた。東北の地方都市にある料理屋で働いていたらしく、話を聞きつけた峰倉の両親が料理屋を訪ねていったが、既に仕事を辞めたあとだった。二人が住んでいたというアパートは引き払われ、もぬけの殻。隣人は歳の離れた仲のいい夫婦が住んでいた、と話していたと聞いた。

九月になっても相変わらず、彼女と二人で住むはずだったアパートに一人で暮らしている。彼女が戻ってくるかもしれないとはもう思っていない。もし峰倉が見つかって家へ引き戻されたとしても、一人きりになっても彼女は決してここにはこないだろう。新しく不要な家具を売り払いもっと小さな部屋へ引っ越すことも思案中だった。一人にしてはかかりすぎる家賃もようやく気になりはじめた。彼女に逃げられてから三ヵ月、ようやく現実が見えるようになってきていた。

真夜中の電話は暴力に近い。眉をひそめてシーツの中から手を出した。手探りでサイドテーブルにあるスマホをわし摑みにする。

「はい、杉本ですが……」

寝ぼけ半分、幾分かすれた自分の声。

『和也、和也か』

切迫《せっぱく》した男の声が聞こえる。

「……小野寺か。こんな時間にどうした？」

室内灯のリモコンを探り当てスイッチを押す。眩《まぶ》しい光にきつく目を閉じ、ゆっくりと開いた時、目覚まし時計は九月十二日、午前三時を指していた。

『大変なんだよ、すごく……大変なんだ。今からこっちに帰ってこられるか』

「何言ってんだよ、夜中だぞ。落ち着いて、ゆっくり話せ」

騒がしい場所からかけてきているのか、周りの物音や人の話し声がかぶさって、肝心の小野寺の声がよく聞こえない。

『今、火事になってて……』

「火事！　どこが火事なんだ」

『いや、もう火は消えたんだけど……その』

焦っているのかしどろもどろだ。どうなってるのか、話の深刻さが少しも伝わらないもどかしさで乱暴に問い返した。

「どこが火事なんだ、お前の家か。家族は大丈夫なのか」

『俺の家じゃない』

「じゃあどこが火事なんだ？」

『三浦が、死んだみたいなんだ』

震える声がそう告げた。

『アパートで火事があって……三浦の奴、こっちに帰ってきたはいいけど家がないからアパート借りてて、そこが火事になって……さっきやっと火が消えたんだけど全焼で……』

小野寺の背後で甲高《かんだか》い泣き声が響く。本当かと問い返しもしなかった。

そういえばずっと三浦の姿を見てなかった。マンションにも行ってない。その必要もなかったからだ。三浦が田舎に帰っていることも、今まで知らなかった。三浦は田舎に帰っていたのか。そうか、火事で死んだのか。へえ……まるで友達の親戚が死んだとか、それと同じぐらい他人事《ひとごと》としか思えない。

「……葬式はいつ」

『まだはっきり死んだと決まったわけじゃないんだからなっ』

小野寺は叫んでいた。

『あっ、ああ怒鳴《どな》って悪かった』

慌ててそうつけ足してくる。

『焼けたアパートから死体が出てきて……身元が確認できないんだ。アパートの住人で助かった人と死んだ人の数を合わせてたらどうやらその死体が三浦らしいってことになって……友人だって言ったら黒焦《こ》げの死体のそばに連れていかれて、ご本人かどうか確認してくださいって頼まれたんだ』

三浦は、木炭のように真っ黒になったんだろうか。

『見たけど、見たけど駄目なんだよ。男か女かもわからないのに、確認なんかできるもんか。三浦の親戚も来たけど小さい頃に見たきりだからわからないって言うし……お前なら、あいつと一番長く一緒にいたんだからわかるかもしれないだろ。顔じゃなくて、体の特徴とかもさ、わかるかもしれないだろ。だから頼むからこっちに来てくれ。今日は土曜日で仕事も休みだろ』

「嫌だよ。それに今何時だと思ってるんだ。そんなことのためにわざわざ電話してきたのか」

『そんなことって……』

眠気はすっかり覚めてしまい、冴《さ》え冴《ざ》えとした頭の中には『三浦が死んだ』その方程式がすっかりできあがっていた。

「今から帰れって言われても無理だよ。朝一の電車に乗ってもそっちへ着くのは昼過ぎになる。それにどうして三浦の死体なんか見にわざわざ戻らなきゃいけないんだ。小野寺が見てわからなきゃ僕にだってわからないよ」

自分の声はこの場に不適切なほどに冷静だった。小野寺は沈黙していた。長い沈黙だった。

『ここ……病院なんだ。確認できたらいいけど、身元がわからないと今度は解剖《かいぼう》に回される。むごい死に方をした上に、切り刻まれるなんて可哀相だろ』

小野寺はぽつりとそう言った。

「仕方がないよ」

『俺は……お前がそんなに冷たい奴だとは思わなかった』

通話は一方的に切れた。スマホを置いてふうっと息をつく。冷たい奴だと言われても、もう嘘もつけない。ベッドにもぐり込む。三浦はいなくなった、いなくなった、いなくなった……頭の中をぐるぐる回る。もう自分の傍にやって来ることはない。またわりつくこともない。今だっていないのに、あいつはそばにはいないのに。あの男が死んだからといって、自分の生活は多分、昨日と何一つとして変わらないはずだった。

「和也」

昼過ぎから空を覆っている灰色の雲と降り出した雨のせいで、夕方の五時過ぎだというのにあたりはすっかり薄暗くなっていた。天気予報を信じて携帯していた傘をさし、雨の中を歩く。正門を出てすぐのところで名前を呼ばれた。

「久しぶりだな」

呼び止めた相手は黒い傘を前に深く傾けて、口許しか見えない。二週間前に死んだはずの亡霊がゆっくりと近づいてくる。顔が見える。口許に笑いを浮かべた男の、亡霊の一挙一動を食い入るように見つめた。

「向こうにいても暇でさ」

亡霊は笑った。

「小野寺が仕事も世話してやるって言ってたんだけどな。あいつはいい奴だよ。……何を驚いた顔をしてるんだ？」

杉本先生、さよなら。声をかけられて、聞こえているのに返事をすることができない。女子生徒は不思議そうに無言の教師の顔を覗き込み、行き過ぎる。

「死んだと思ったか？」

楽しそうに、笑いながら聞いてくる。死んだはずの男。そばにはもう来られないはずの男だった。迷って出たのか、姿が見えているのは自分だけなんだろうか。

「死んでたほうがよかったか」

雨の音がする。傘を叩いて地面を叩いて足許を濡らす。向かいに立つ男の足許も同じように濡れそぼっていた。

「小野寺が……」

　三浦が口を開いた。

「行くなと言ったんだ。もう和也と一緒にいるのはやめろってな。あいつは冷たい男だから一緒にいても俺がつらくなるだけだからって。そんなのわかってるよ」

　わかってる、とまるで言い聞かせるように、繰り返した。

「お前、小野寺に何を言ったんだ。あんな男だとは思わなかったって、あいつすごく怒ってたぜ」

　何を思い出したのか、三浦はフッと吹き出した。

「火事の時は俺も驚いたさ。朝、帰ってきたらアパートが焼けて黒くなった柱しか残ってないんだからな。焼け跡の前で馬鹿みたいに突っ立ってたら、小野寺が大声あげて飛びついてきてさ……無事でよかったって泣いて……」

「杉本先生じゃないですか」

　同僚の数学教師に声をかけられる。

「こんなところで何してるんです。ああ、お知り合いの方と一緒ですか。じゃあまた明日」

　みんな通り過ぎていく。三浦は同僚の背中をチラと見た。

「あの火事で通帳も印鑑も全部燃えちまったから、証明が取れるまでは文無《もんな》しなんだ。マンションの鍵もどこに行ったかわからないし。ここに来る金だって小野寺に借りた。和也のところへ行くって言ったら貸すのを嫌がってたけどな。片道分しか借りなかったから帰れないんだ」

雨に濡れた靴に水がしみ込む。冷たくて重たくて、足に張りついて絡みついて……。

「お前なんか、死ねばよかったんだ」

心の声が、耳に響く。三浦は、笑った。笑いながら人の傘を取り上げ、学校の塀《へい》に叩きつけた。途端、雨が全身を濡らす。前髪の先から雫が垂れる。首筋を水滴が流れ、服が湿って体にまとわりつく。三浦は自分の黒い傘を差し出してくるけれど、そんなものがもうなんの役にも立たないほど全身濡れ鼠《ねずみ》になっていた。

「いつか死ぬさ。お前より先に、確実にな。俺はもうお前の言葉には傷つかない。何されても、何を言われても平気だよ」

三浦に腕をつかまれた。

「わかるか。お前が俺をどう思っていようとかまわないんだよ。もうお前の気持ちなんか関係ないんだ」

最後の一言はまるで自分自身に言い聞かせるような響きがあった。ひどいどしゃ降りで、濡れた部分が冷たくて互いに大きく身震いする。三浦は顔を歪め、小さなくしゃみをした。

「寒いな、お前もそうだろ。早くお前の部屋に連れていけよ。着替えないと風邪引くぞ」

肩を小突《こづ》かれて、のろのろと歩きだす、その横に三浦がぴったりと寄り添う。ああ戻ってきた。また戻ってきた。足首に、手首に絡まる見えない鎖《くさり》のじゃらじゃら重い響きが、聞こえる気がした。

サンクチュアリ

雨に濡れて体はすっかり凍《こご》えきっていた。アパートの玄関に入り外気が遮断《しゃだん》されただけで、暖かいと感じてしまうほどに。廊下に上がる前に靴下を脱いだ。濡《ぬ》れたままの洗濯物みたいに、ぐっしょりと水気を含んだそれを片手で摘《つま》み上げる。

「寒いな」

隣で震える男を無視して、まっすぐに脱衣所へ向かった。洗濯機の中に靴下を放り込み、シャツ、スラックスと順番に脱いでいく。あとを追いかけるようにして脱衣所まで来た三浦《みうら》は、中には入らず入り口で立ち止まった。透明人間を無視して、バスルームに入る。壁に両手をついて頭から熱い湯を全身に浴びせかけ、死んだように凍える細胞を叩き起こす。しっかりしろ、と自分に言い聞かせる。ぼんやりしている暇はない。しゃんとしなければ、またあの男と戦わないといけないんだから。戦って、追い出して……あいつがここからいなくなるまで。

バスルームから出ると、三浦はさっき見た時と同じ場所、入り口に立っていた。シャワーを浴びている間、時間が止まっていたんじゃないかと錯覚《さっかく》を起こす。

「和也《かずや》」

そんな声は聞こえない。腰にバスタオルを巻いただけの恰好《かっこう》で寝室のクロゼットまで行き、長袖のTシャツとスエットパンツを着る。腹はさほど減ってないが何か食べなくては、と思う。台所へ行き冷蔵庫の扉を開ける。あれこれ……考えるのも面倒で、温めるだけでいい冷凍食品に手を出した。

どれだけ無視しても、頭の中はこの家のどこかにいる男で埋めつくされている。カチカチに凍《こお》りついたピラフを手に取り、冷凍庫の扉を閉めたところで不意に背中がひやりと冷たくなった。

「ひっ」

ピラフが足許でガツンと音をたてる。濡れた、冷たい塊《かたまり》に背中から覆《おお》いかぶされて掠《かす》れたみっともない声が出た。体を温めて、乾いた服に着替えてからすっかり忘れていた冷たさ。

「寒いんだ」

背中にじわりと染み込んでくる雨の名残《なごり》。離れない。いくらもがいても、背中から抱きつかれては容易に振り払えない。

「着替えろよ」

震える声で呟《つぶや》いた。

「シャワーでも浴びて、奥の部屋にクロゼットがあるから、その中からなんでも着られそうなものを」

ようやく離れる。名残の雨は、背中に冷たさと湿った不快感を残した。冷凍のピラフを拾い上げながらブルブルと震えた。抱きつかれた、たったそれだけのことで、床に膝《ひざ》をついたまま少しの間、立ち上がることができなくなっていた。

濡らされた服を着替え、冷凍のピラフを温め食べている時に、奴はキッチンに戻ってきた。人のシャツとジーンズを、当然といった顔をして身につけ、体も温まったのか、少し上気した頬《ほお》からはもう雨の気配は感じられなかった。

「俺も腹が減ったな」

作戦を変えなくてはいけない。無視しても相手は実力行使でやってくる。最低限の言葉は交《か》わしても、それ以上は話さない。突き放すようにしなくては。

「冷蔵庫の中にあるものをなんでも適当に……」

三浦はどこから出してきたのか、スプーンを片手に向かいに座った。正方形の小さなダイニングテーブルは手を伸ばせばすぐに相手に触れられる。テーブルに肘《ひじ》をつき、三浦はピラフを向かいからすくい上げて口に運ぶ。人のものを掠め取る行為に驚いても、嫌と言えなかった。

「不味《まず》いな」

文句を言いながら数回口に運び、人のコップから水を一口、飲んだ。それで満足したのか、スプーンを置いてじっと人の顔を見つめてくる。

「テレビがあるのは隣の部屋だ」

「お前が終わるまでここにいるよ。一人で食べる夕食は味気《あじけ》ないだろう」

視線が嫌で追い払おうとしたとは言えず、急いで残りのピラフを口の中に押し込んだ。

簡単に終わらせた食事。汚れた食器を流しに置いて、居心地の悪いキッチンから逃げてリビングへ移動した。ソファに腰掛け、助けを求めてテレビの電源を入れる。

キッチンの椅子がガタガタ音をたて、奴が動き出したことを知らせてくる。こっちにくるな。そばに寄ってくるな。画面に見入っているふりで必死でそんなことを考えていた。ソファが軋《きし》む。軽い振動が加わり、隣に座ったのがわかった。意地でも振り向くまいと決意する。

首をすっと撫《な》で下ろされる感触。飛び上がって首筋を押さえた。

「何をするんだ」

振り返ると、軽く折り曲げた指先を宙に浮かせたまま、笑っていた。

「悪戯《いたずら》しないでくれないか」

「別に」

苛立《いらだ》たしげな気配を唇にのせて呟く。テレビに向き直ると、背中に押し殺したような笑い声が響いた。何を笑われているのか、二度目を警戒して首筋から手を離せないでいるのが、そんなにおかしいのだろうか。

太股《ふともも》に手が置かれ、ぎょっとした。振り向いても、三浦の視線はテレビに向いている。こっちを見ていない。太股に置かれた手と、三浦の顔を交互に見る。布地越し、太股に人の手のひらの熱が伝わってくるのが嫌で、どけようと手首をつかんだ瞬間、置かれただけの手のひらが力を込めて太股を握った。ものすごい力だった。

「痛っ」

叫んだ声に、指はあっさりと離れる。肩をすくめ、耳の横で両手を広げた男は、にっと笑った。

「ああ、悪い」

我慢できず、立ち上がる。からかわれている。よくわかる。嫌がる反応を面白がっている。

「いい加減にしろ」

怒鳴《どな》りつけても、惚《とぼ》けた顔で、明後日《あさって》の方向を向く。これ見よがしに足を踏み鳴らして居間を出た。あの男と一緒の部屋にいるのも、同じ空気を吸っているのも嫌だ。寝室に入り後ろ手にドアを閉めた。ベッドが二つ並ぶ虚《むな》しい部屋。片方は中身が何かも忘れた段ボール箱が無造作《むぞうさ》に置かれている。外へ逃げていけないのなら、夢の中だけでもあの男から解放されたい。頭からシーツをかぶって、目を閉じる。そうして五分もたたないうちに、寝室のドアが開く、ギッという音が聞こえた。

「和也」

足音はだんだんと近づいてくる。ホラー映画のように、ミシ、ミシと少しずつ。

「和也」

シーツの上から、存在を確認するように手のひらで軽く押さえつけられる。腰掛けたのか、重すぎる荷重《かじゅう》にベッドがみしみしと軋む。シーツ越しに触れた手が動く。横向きに寝る頭から、脇腹を過ぎて足首まで。何度も上から下へと手は動いた。

シーツが揺れる気配がして、捲《ま》くられると思った瞬間、目の前の布地を握りしめた。顔の前だけシーツは動かない。三浦は釣り糸を引くようにシーツを引っ張った。そのたびに握りしめる指先に力を込める。シーツが動かなくなり、諦めたのかと油断して指の力を少し緩《ゆる》めた瞬間、思い切りシーツを剝《は》ぎ取られた。横向きで丸くなったまま息をのむ自分の鼓膜《こまく》に、爆発したような笑い声が響いた。

「やっぱり面白いよ、お前」

ああ、もう嫌だ。嫌だ。嫌だ。嫌だ。耳を塞《ふさ》ぐ。声も聞きたくない。そうしている間に三浦は服のままで隣に滑り込んでくる。背中から抱きしめられた。ぴたりと張りついてくる熱。熱の塊。

「離れろよ」

こんなに嫌なのに、どうしてそばで抱きつかれなくてはいけないのだろう。身悶えるほどよけいにきつく、抱きしめてくる腕。このままじゃいけない。何度も深呼吸する。心を落ち着けるために。

「二人じゃ狭いし、隣のベッドで寝られるように用意をするから、少し離れてくれないか」

冷静に話したつもりだった。

「ここがいい」

「お前はいいかもしれないけど、僕はこんな風に眠るのは苦手なんだ。前にも言ったと思うけど、人と一緒だとどうしても寝つきが悪くなるから」

「俺の知ったことか」

吐き捨てるように言われた。肩を強く引かれ、仰向《あおむ》けにされる。その上に三浦は覆いかぶさってきて、じっと顔を見つめてきた。

「眠れないんだったら、眠れるように努力しろ」

両手で頭を押さえ込まれた。三浦の顔が近づいてくる。何をされようとしているのかわかり、必死に顔を背《そむ》けた。

「キスは嫌か」

耳許に囁《ささや》かれる低い声。

「常識でものを考えろ」

常識ね、と鼻先で笑われる。三浦はキスしなかった。唇には。代わりに首筋を舐《な》めてきつく吸い上げる。痛みを感じるほどに。

「お前とやりたい。ずっと前から考えてはいたんだ。けどお前は男だし、そうしたからって何がどうなるとも思えなかったから手は出さなかったけどな」

はっきりと告げられた。以前から時折、脅しのように仄めかされることはあったが……そんな風に考えられていたと思うだけで吐き気がする。

「変わんないな、男も女も。抱いてると気持ちよくなる」

項《うなじ》に噛《か》みつかれて背中がすくみ上がった。ピリリとした痛みのあとに舐め上げられるその湿っぽさが気持ち悪い。

「やめろよ、ふざけるな」

首を振り、ベッドから抜け出そうとすると強引に引き戻された。

「悪い、悪い。もうしないからさ、こんな狭いトコで暴れんなよ」

言葉通り抱きしめるだけでからかうことをぴたりとやめる。

「無理にやっても後味《あとあじ》が悪いし、お前の気が向くまで待ってやるよ。俺はいつも隣にいるからな。その気になったら教えてくれ」

三浦は笑った。

「謙虚《けんきょ》なこと言ってるけど待ちきれなくなったらがっつくかもな」

胸の上の荷重が取れても、気配はなくならない。本気で隣に眠るつもりらしい。起き出して別の場所で眠っても、きっと追いかけてくる。そして今以上の嫌がらせをするに違いない。あまり時間もたっていないのに、隣からは気持ちよさそうな寝息が聞こえてきた。それを聞いているうちに、たまらなく虚しくなってきた。

眠れないことが悲しい。三浦は眠れても自分は眠れない。涙が出そうになり、慌《あわ》てて目許を押さえつけた。泣いているのを知られることは、新しいからかいのネタを一つ提供するだけだ。声を殺して、咽《むせ》びながら一体いつになったらこの男から解放されるのか、考えていた。

「杉本《すぎもと》先生！」

気がつくと教壇の上で座り込んでいた。頭の芯が霞《かす》むように重く、手足に力が入らない。生徒の呼ぶ声が聞こえる。暗い視界のあちらこちらから。

「誰かほかの先生呼んでこいよ」

肩を揺さぶられて、急激に嘔吐《おうと》感《かん》が込み上げてくる。口許を押さえ、必死の思いで一瞬だけ開いた目に映ったのは、自分を取り囲むたくさんの学生服だった。

「大丈夫ですか、先生、立てますか」

肩に置かれた手。声で同僚の山田《やまだ》先生だとわかる。両足に力を込めようとするけれどうまくいかない。立てないとわかったのか山田先生は背負《せお》ってくれた。

「とりあえず保健室に連れていってくる。俺が戻ってくるまでお前らは自習してろ」

背負われることに羞恥《しゅうち》はあったが、それを断ることを体は許してくれなかった。山田先生は保健室まで連れて来ると、ベッドの上に寝かせてくれた。

「先生のクラスは自習にしときました。俺も自分のクラスを放ってきたので、戻ります。山城《やましろ》先生もすぐに来てくれるそうです」

「すみません……」

口を開くのさえ億劫《おっくう》でお礼を言うのがやっとだった。

「じゃ、またあとで」

山田先生が部屋を出ていってから程なく、誰か保健室に入ってくる気配がした。

「あらあら杉本先生、どうしたの？」

養護教諭の山城先生が喋りながら近付いてくる。

「授業中に立ちくらみがして……気分が悪くなったんです」

山城先生に血圧を測ってもらっているうちに、再び意識が遠のいていく。

「杉本先生……先生……」

一人きりのベッド。隣にあの男はいない。人の声がこだまのように聞こえ、ドロドロの水の中に引きずり込まれる。午後の授業をすべて潰《つぶ》して、保健室のベッドで眠り込んだ。下校のチャイムが鳴りはじめた頃に軽く肩を揺さぶられて起こされ、時刻を聞いて驚いた。

「今日の先生の授業は養護教諭の独断ですべて自習にさせてもらったから」

山城先生はニッコリ笑ってもう一度血圧を測った。OK、と浅く頷く。

「寝不足かしらね。体は正直だからすぐにSOSのサインを出してくるんですよ。先生は眠れないほど忙しい生活をしてるの？　それとも何か悩みごとでもあるのかしら」

母親に近い年齢の山城先生にまるで生徒に接するように話しかけられて、なんだかきまりが悪くて、タオルケットを徒《いたず》らに指先で弄《もてあそ》んだ。

「……悩みというほどのことじゃないんです。ただ少し眠れなくて」

山城先生は額に皺を寄せ、小さな目を更に細める。

「睡眠は大切なものですよ。人間の三大欲求の一つなんだから。残りの二つは食欲と性欲。言われたらピンとくるでしょ」

性欲、の言葉に指先がピクリと動いた。

「さあさあ、もう十分に寝てもらったことだし『おやすみ』の続きは帰ってからにしてもらおうかしら。保健室もそろそろ店じまいにしなきゃ」

「すみません」

ベッドを降りようとした。立とうとしたのだ。すると床がぐにゃりと歪《ゆが》んで、実際に歪んだのは自分の両足だったのだけど、そのままべたりと座り込んだ。

「あら、大丈夫」

両足が歩くことを放棄して、まともに立つこともできない。

「まだ本調子じゃなかったのかしら。困ったわねえ。受診するほどのことでもないだろうって様子を見てたんだけど、一度病院で診《み》てもらいましょうか」

「そんな大げさですよ」

だけど指先が震えてくる。止まらない。山城先生にも気づかれる。指先の震えは全身まで広がって、南極に置き去りにされた人のように歯をガチガチと鳴らした。

「もう少し休んでからにしましょうか」

「すみません」

ベッドにしがみつくようにして這《は》い上がり横になった。そうすると、震えはピタリと治まり両足にも力が戻ってくる。

「何か変ねえ。本当に歩けそうにないかしら」

もう一度立とうとした。やっぱり力は入らない。

「困ったわ。私一人じゃ先生を支えられないし、誰かに迎えに来てもらったほうがいいわね」

迎え……の言葉に背中が震えた。

「けど先生は一人暮らしよね」

「家に帰りたくない」

駄々《だだ》っ子《こ》のような声に、自分で驚いた。

「先生？」

「帰りたくないんです」

困惑する山城先生の顔。それ以上何も言えずにうなだれる自分の頭に、優しい手が置かれた。癒《いや》すことを知っている母親の手だ。流れ出した涙が止まらなくなり、養護教諭の前で恥も外聞も無く子供になって泣きじゃくった。

静かな居酒屋の奥まった席で、山城先生と向かい合っている。

「帰りたくなかったら、無理に帰らなくてもいいんじゃないの」

その言葉で悪い魔法が解けたように、足が動き出した。

「今日は若い男と飲みたい気分だわ。付き合って」

山城先生に腕を取られて、行き付けだという駅前の居酒屋に連れて行かれる。コップのビールを、美味《おい》しそうに少しずつ山城先生は飲み下す。たくさん飲むと主人に怒られるからいつも一杯だけなの、と恥ずかしそうにうつむいた。

「どうしてストレスになるぐらい家に帰りたくないの。一人の部屋が寂しいの？」

山城先生はストレートに聞いてきた。

「一人じゃないんです」

山城先生はあらっと声をあげて、うっすらと微笑《ほほえ》んだ。

「その人と、喧嘩でもしてるの」

「違います」

「聞いてもいいかしら。その人は先生の恋人？」

興味か親切心かは判断できない。だけど話したからといって山城先生が大勢の人間に触れ回るようには思えなかった。興味本位でもいい。誰かに自分のひどい生活を訴えたかった。

「一緒に暮らしてるのは男で、古い友人なんです」

「お友達だったの」

「僕はあいつが嫌いなんです」

山城先生は不思議そうな顔をしていた。

「何か揉《も》めごとでもあったの？」

「喧嘩をしたわけじゃないです。……ただ僕はあいつが嫌いだから家にいてほしくないんです。でもあいつはずっと家に居すわってて……嫌だと言っても、帰れと言ってもいなくならないんです」

喋る勢いに山城先生が引いているのがわかる。それでも噴き出す言葉を止められなかった。

「部屋に帰るなりあいつは僕にまとわりついてくるんです。椅子に座っても、すぐに隣に来る。追い払っても追い払ってもそばに来る。お願いだから離れてくれって言っても全然聞いてくれないんです」

三浦のしつこさを思い出し、こめかみがズキリと痛んだ。

「そばに来られるのも、それを注意する自分にも腹が立って苛々《いらいら》する。そんな状態だから夜ぐらいゆっくりと眠りたいのに、あいつは寝る時も僕のベッドに入ってくる。僕は他人と一緒だとどうしても寝つけなくて、だから夜がとても長くて……」

山城先生は真剣な顔で話を聞いてくれる。

「なんて言えばいいのかしら」

目を伏せ、山城先生は頬に手をあてる。

「古いお友達だけど、杉本先生はその人のことが嫌いなのね。そんなに嫌で、話をしても出ていってくれないなら、それなりのところへ訴えていけばなんとかなるんじゃないかしら。不法侵入と同じだし。でもお友達ならそこまでことを大きくしたくもないでしょうね」

指先で弄ばれる山城先生のグラスは、いつのまにか空《から》になっていた。

「その人は、杉本先生に嫌われてるってわかってないの？」

「知ってます。俺のことを嫌いだろうって自分で言ってますから」

「そうなの。じゃあ先生のところを出たら生活できないぐらいお金がなくて困っているとか？」

「あいつは生活にも困ってない。ただ僕に嫌がらせがしたいだけなんだ」

山城先生はうーんと小さく唸った。

「嫌がらせねえ。私が先生から話を聞いた印象だと、お友達という人は、先生に嫌がらせをしてでも自分にかまってもらいたいんじゃないかしら」

ふっと笑う。

「子供がね、母親にかまってほしい時なんかわざと悪戯したりするでしょう。そういう感じなんじゃないかしら。ずっと一緒にいたがるなんてきっと寂しがりの人ね。そういう人は大人でもたくさんいるし」

三浦が……寂しがる人……。

「寂しくないとわかったら、きっとその人も先生の嫌がることをしなくなるんじゃないかしら」

小学、中学と優しく三浦を裏切り続けた自分の影と、三浦が二人で暮らすためにマンションを買った時のことを思い出した。三浦は前みたいに優しくしてほしいと言っていた。だけど自分にとって優しくするというのは幼い頃の、偽《いつわ》りの日々の再開に過ぎない。仮に演技で優しくしたとしても、三浦はすぐに気がつくだろう。

山城先生と話をすることで、切羽詰《せっぱつ》まったような危機感は薄くなり、冷静にあの男との関係を見つめることができている。ただ一度きっかけを逃《のが》してしまうとアパートに帰るのが億劫になった。帰らなければ三浦が自分を探すのはわかっていたけれど、一日ぐらい一人でゆっくりと眠る夜が欲しい。一言ぐらい断っておこうかとも考えたが、自分の行動にいちいちあの男の許可も必要ないだろうと思ってやめた。

その夜は、駅前のビジネスホテルに泊まった。一度一人でゆっくりと考えてみればいいのよ、山城先生もそうアドバイスしてくれた。だけど一人きりのベッドが心地《ここち》よくて、ろくに考えもしないうちにスコンと眠りに落ちていた。

一日の距離を置く。保健室とビジネスホテルで一週間の睡眠不足を補《おぎな》うように眠りを貪《むさぼ》ったおかげで、ずいぶんと体と気持ちが楽になった。体の調子が戻ると、後ろばかり向いていた考え方も少しだけ前向きになる。

永遠にあの男がそばにいるんじゃないかと絶望的なことを考えていたが、それも確定しているわけじゃない。三浦にも、これから先に好きな女性のできる可能性はある。

ほんの少しの辛抱《しんぼう》だ。彼女に結婚式当日に逃げ出されたことは、いまだ夢に見るし胸が痛むけれど、いつかは忘れることができる。自分がそう考えられるようになっただけでも進歩だ。また一緒にいたいと思える人ができて結婚することになれば、きっとあの男も離れていく。

ホテルで目覚めた時は頭も体もすっきりとしていた。学校へ行き、仕事を終えて夕方になり、家に帰る時間が近づいてくるにつれ、だんだん憂鬱《ゆううつ》になってきた。三浦と一緒だと眠れないのはわかっている。それが嫌だったし、もっと困ったことにたった一日の距離を置いただけで、あの男にどう接していいのかわからなくなっていた。今まで一方的に絡《から》まれるのを避け続けていただけに、三浦に対する自分の態度を決められない。

急に優しくするのも変だし……野球部の顧問《こもん》に声をかけられて、午後七時になろうとしていることに気づく。三浦への対応のことばかり考えて一時間も職員室の椅子に座ってぼんやりとしていたことに驚いた。

今日もホテルに泊まろうか。重い足取りで校門を出かけた時にはそんなことも考えていたが明日は土曜日。今帰っておかないと、間を置けば置くだけ三浦と対峙することができなくなりそうで、昨日の山城先生の言葉を思い出し「可能性」を支えにして、嫌がる両足を叱り飛ばしながらアパートへ続く道を歩いた。

秋から冬にかかるこの時期、午後五時を過ぎるとあたりは薄暗くなり、七時になるともう夜中のように真っ暗だ。道の遠くから自分の部屋を見上げ、台所の灯《あかり》がついていないことに首を傾げた。台所の電気を消しても居間の灯をつけていれば少しぐらい光が洩《も》れていてもいいはずだ。三浦はいないのかもしれない。そう思うと安堵《あんど》から全身の力が抜けた。いや、たまたま寝ていて電気をつけ忘れているだけかもしれない。慎重な自分がそう囁きかける。それでもいないかもという可能性ができただけで、足が軽くなったのは確かだった。

玄関のドアを開けた。廊下は暗く、奥にある居間からかすかな光が洩れている。単調なトーンの物音。暗い中、テレビだけがつけっぱなしになっている。テレビがついているなら、それを見ている人間がいるということ。大きく一つ深呼吸をする。わざと足音をたてて歩き、廊下側から居間を覗《のぞ》くとソファの背越しに頭の先が見えた。カーテンがきっちりと閉められた暗い部屋に、テレビだけが点滅するようにチカチカと光っている。

「どうしてこんな暗い部屋にいるんだ？」

緊張しながら、それでも何げないふりで居間の電気をつけた。ほっとするような明るさが部屋の中を満たす。ソファに座ったままの男からはなんの反応もなく、眠っているのかと思ったら不意にのそりと起き上がった。こちらを見てうつむき、息をつく。

声は怒ったものではなく、それどころか、か細い雰囲気を漂《ただよ》わせていた。

「あとからでもいいかな。着替えたいから」

どうせ昨日外泊した理由でも聞かれるのだろう。返事も聞かないでそのまま自室に戻ろうとした。

「和也、話がある」

突然シャツの襟首《えりくび》をつかまれ、後ろ向きに引きずられた。驚いて声をあげる間もなく振り向かされる。三浦は襟首から手を離すと今度は胸許をつかみ上げた。そのまま引きずるようにして歩かされる。三浦の怒りを怖いぐらい肌に感じた。脳裏に蘇《よみがえ》るのは小学生の頃、三浦が同じクラスの女の子、田中《たなか》を容赦《ようしゃ》なく殴りつけていた姿。自分もあの子のように殴られるのだろうか。

「みっ、三浦っ」

震える唇で声になったのはそれだけ。寝室に引きずり込まれ、ベッドに突き飛ばされた。疑いようのない気配に気がつく。起き上がろうとしたが、間に合わなかった。

三浦は上からのしかかってくると、シャツの胸許に手をかけ躊躇《ためら》いなく上から下へと引き裂いた。

「何するっ……」

言葉は乾いた唇に飲み込まれた。大きな手のひらに頭を押さえつけられて、唇を貪られる。このまま食われてしまいそうな、心臓が縮みあがる恐怖。でたらめに両手を振り回した。容赦なく覆いかぶさる背中を叩く。自分の命は崖の間に渡されたピアノ線の上で揺れているようなもので、自分で自分の命を救うために必死で暴れた。離れた唇が小さく舌打ちする。体の間にできた僅かの隙間《すきま》に、立ち上がって逃げようとした。そのことしか考えられなかった。どうでもいいからこの場から逃げ出せたら、この男から逃げられたら……。

恰好なんか気にしてられない。四つん這いのまま這いずってベッドを降りたところで、床の上、背中からのしかかられた。体重で押さえ込まれてうつ伏せのまま動くこともできなくなる。両手足を魚のようにバタつかせるけどそんなものは、抵抗のうちに入らなかった。パンツごと下を脱がされて、ひやっとした空気にブワッと鳥肌が立った。怖い……嫌だ。それは嫌だ。三浦なんかに……三浦なんかに……必死で体を捩《よじ》る。何がなんでもさせない。させたくない。

「ひっ」

必死の抵抗を、三浦はたった一つの動作で封じ込めた。中心に付属するものを片手で握り込まれ、声も出せなくなった。

「暴れるな。握り潰すぞ」

背中に響く声。本気の声。片手で睾丸を、もう片方の手で三浦は腰を撫でた。摩《さす》るようにして、普段は排出する機能しか持たないそこに触れる。探る指が離れ、熱いものがそこに触れたと思った次の瞬間、熱の塊がぐうっとねじ込まれていた。

「いっ、痛いっ」

感じたことのない種類の痛み。股の間から引き裂かれる痛み。

「嫌だっ」

ピリピリするそこが痛くて熱くて我慢できない。少しでも楽になろうと、それから逃《のが》れようと前向きに這った。少し抜けかけると、強引に引き戻される。擦《こす》られて、よけいに痛みが増す。腰をしっかりと引き寄せたまま、三浦は前後に動き始めた。痛さが増強されるだけのそれに耐えられず、叫んだ。黙って痛みをやり過ごすことなどできなかった。涙も出た。太股でぬらぬらする液体の感触がなんなのか、考えたくもなかった。

「嫌だっ嫌だっ」

叫んでも終わらない。泣いても終わらない。

最初は背後から貫《つらぬ》かれ、仰向けにされもう一度入れられた。その頃には抵抗する力も残ってなくて、揺さぶられるがままだった。致命傷を与えすっかり力の抜けた体をベッドの上まで引きずり上げた三浦は、ゆっくりと全身を撫で回した。身体中を舐め、陰部を弄《まさぐ》ってくる男が、死肉を食うハイエナのようだと思った。ようやくハイエナから解放されたのは、夜更《よふ》けも過ぎた頃だった。


気を失うと同時に眠りに落ち、だけど途切れ途切れに目を覚ました。ようやくしっかりと目が覚めたのは正午に近い時間。外は天気がいいのか、カーテンの裾《すそ》から洩れる光はひどく眩《まぶ》しいものの、音もない締め切った部屋は深海のようにひっそりとしていた。

全裸のまま、三浦に抱かれている。薄暗さに目が慣れるとベッドの下に投げ捨てられた自分の服、破られたシャツとスラックスが目に入った。何げなしに上半身を動かして、ズキリと重く痛む腰に小さく呻《うめ》いた。何かが漏れ出る感触にギョッとして腰に手をあてる。どろりと固まりかけた血液が指先を汚し、それを見ただけで気分が悪くなった。

「和也」

低い声が背中に響き、それだけで体はぶるぶると震えた。

「目が覚めたか」

抱き寄せてくる手が熱い。胸に回ってきた指は、玩具《おもちゃ》でも摘《つま》むように小さな乳首を弄《もてあそ》んだ。首筋に吸いつかれ、甘噛みされる。仰向けにされて、正面から接吻《くちづけ》された。ゆるゆると口腔をまさぐるそれは、昨日何度も繰り返された仕種《しぐさ》。抱きしめられても、自分の両手はベッドに投げ出され、シーツの中に沈んだまま。両足の間にある体、下腹にあたるものが固くなっていることに気づく。またされるんだろうか。そんな恐怖が背中を走り抜けた。大きく両足を広げられて、貫かれて、揺さぶられて。

『嫌だ』

両手にゆっくりと力を入れた。キスする三浦の首筋に指を添わせる。ぐっと力を込めた。それでもキスをやめない。徐々に力の増す指先。ようやく三浦が苦しげに吐息を洩らすと、首を絞める男の中心を片手で握りしめた。

「いっ……」

力が抜け、パタンと指が落ちる。三浦は首筋を軽く摩り、見下ろしてくる。にやっと笑う。

「殺したいか」

白い首筋には指の跡がくっきりと残った。そんなことをした自分がわからなくなる。本当にこの男を殺したいなどと思ったのだろうか。

「根性のない奴だな」

三浦は落ちた両手をつかむと、跡の残る首筋に添わせた。

「もっと力を込めてみろ。何をやってもお前はいつも中途半端なんだ」

強い目で見下ろされて、震える指に力が入るはずがない。三浦が添えた手を離すと、両手はぱたりと落ちた。

「もっとも……」

耳許で囁く。

「意気地《いくじ》なしのお前に、俺を殺すなんて大それた真似《まね》ができるとも思えないけどな」

「ひっ……」

ブワッと涙が出た。昨日流した、痛みが耐えがたくて流れる涙じゃない。惨めで、情けないのにどうやったってこの状況から逃げ出せない、それがつらくて出る涙だ。三浦は泣いている顔を覗き込み、慰めるように髪を撫でてきた。優しくかき回す。

「どうして泣く？」

何が原因か知っているくせに、そんな風に聞いてくる。何もできない両手をつかみ、しがみつかせようと誘導してくる。怒りと恨みをこめて三浦の背中に爪を食い込ませた。

「そんなに泣くな。苛《いじ》めて悪かったよ。腰が痛むか？　昨日は乱暴にして悪かったな。けどもう血も止まってるから、大丈夫だろ」

「お前なんか、お前なんかっ……」

「嫌いでたまらない、顔も見たくないか」

遮《さえぎ》られた言葉。唇。自分はもう何一つ抵抗することはできなかった。

一歩踏み出すごとに腰に響く鈍痛に顔をしかめる姿を見かねたのか、三浦は自分を抱いて移動した。トイレから台所、バスルーム。どこへ行くにも一緒で、いつも隣にいた。ぼんやりとテレビを見ている間にシャツのボタンをはずされ、胸許にキスされても、ズボンを脱がされて性器を弄られても、もう抵抗らしい抵抗をしなかった。まともに動けないし逃げられないからだ。ろくに食事もしなかった。お腹が空《す》いたとは思えず、三浦が作る食事を少し食べるだけで、すぐに横になった。

月曜日を心待ちにして土日を過ごした。月曜日になれば、学校へ行ける。そうすればこの男から離れられる。そのことばかり考えていた。

二度目にセックスらしきことをしたのは日曜日の夜だった。金曜日に強引に挿入したあと、三浦は体に触れて悪戯はしても最後まではしなかった。この夜を過ごしてしまえば、月曜日になってこの男から離れて過ごせる。わかっていたから、懸命に眠ろうとした。三浦は当然のように隣にもぐり込んできて、抱き寄せたり、思い出したようにキスしていた。疲れて眠りかけても、じゃれつかれて目を覚ます。いい加減にうんざりしていた頃に、三浦の指先が不穏な動きを見せはじめた。Tシャツを脱がして直《じか》に肌に触れてくる。それだけなら昨日もあった。けれど下着をずり下ろされ、指先が腰を撫で上げた時に、これはまずいと背中が震えた。

「まだ痛むか」

低く、濡れた声が鼓膜に響く。

「当たり前だろ。痛くてたまらないよ」

昨日、一昨日《おととい》に比べるとずいぶんとましになっていたけど、それを正直に話したら絶対にされてしまう。それだけは避けたかった。

「なるべく痛くならないようにしてやるよ。だからお前も協力しろ」

やめる気配を微塵《みじん》も見せない。慌ててベッドの中、三浦に向き直った。

「今日はやめてくれないか。明日教壇に立てなくなる」

三浦はわずかに眉を上げて、にっと笑った。

「俺の知ったことか」

「そんな……」

「お前、仕事に行くつもりだったのか」

「当たり前だろう、そう簡単に休めないよ。休んだらその分の範囲を進めるのが大変なんだ」

「行かせない」

ゆっくりとした三浦の言葉に、頭が鈍器で殴られたようにじわりと疼《うず》いた。

「そんなの困るよ。言っただろう、一日休むと……」

「うるさいな。仕事なんか辞めればいいだろ」

うざったげに三浦は呟いた。

「何を考えてるんだ、お前は。……我慢してやっただろう、この二日間。好きにさせてやったじゃないか。明日、絶対に仕事に行くから……」

覆いかぶさられて、顎《あご》をつかまれた。きつい瞳が間近で見下ろしてくる。その瞳の奥は、笑っているように歪んでいた。中心を握られて乱暴に扱《しご》かれ、意思の力に反して屹立《きつりつ》する。

「最初は一方的かと思ったけど、そうでもなかったな。こうなるってことは、喜んでるっていう証拠だろう」

耳許に囁かれた。

「やっ、やめろ、嫌だっ」

そのまま弄られ、密着する三浦の腹に放った。脱力した両足を抱えて三浦が体勢を整える。

「嫌だよ、明日学校に行けなくなる……」

泣き声で訴えても、笑うばかりでやめる気配を見せない。悪魔はきっとこんな顔をしているに違いない。

「そうだなあ、お前、口でできるか。そっちでやれるなら、後ろは我慢してやるよ」

熱い塊を口もとに押しつけられて、最悪の交換条件にぎりっと奥歯を噛みしめた。

三回……いや四回……数えるのも嫌になり、途中で放り出す。三浦は眠っている。あれだけ好き勝手やれば、気持ちよく眠れるというものだろう。ベッドを抜け出しても、隣の男は目を覚まさなかった。腰は思い出したようにズキリと痛むものの、指しか入れられなかったのでこの前ほどじゃない。手早くシャワーを浴び、大きめの鞄《かばん》に下着やシャツ、通帳を押し込んで、気付かれないようにこっそりとアパートを出た。

部活で朝練のある生徒ぐらいしか登校していない朝早い時刻に高校の門をくぐり抜

けた。白い壁で囲われた学校というスペースに安心してふうっと体の力が抜ける。すれ違う生徒が、手にしている大きな鞄をもの珍しげに眺《なが》めている。同居人から逃げ出したと知られているわけでもないのに気まずくて、荷物を壁際《かべぎわ》の手に持ち代えた。職員室の中に入ると、本当に安全な場所に来たんだと確信した。ここは自分の職場で三浦は来られない。

椅子に座ると、腰がズキリと痛んだ。だけどそれも些細なこと。絡みつく視線のない時間がある。それだけでここは天国だ。

予鈴の音に立ち上がろうとしたのに両足に力が入らず、転びかけた。机の端をつかんで立つと血液が足許に下がってくるのがわかる。もう一度座ってジッとしていると、少し気分がよくなった。前に同じような症状があった時は貧血だと言われた。

月曜日の授業は四時間ある。午前中に三時間、午後から一時間。授業の休みの間は保健室で休ませてもらって、授業中もあまり立たないようにしないと午後まで体がもたないかもしれない。授業開始から五分だけ遅刻して、痛む腰とふらつく両足を引きずって一時間目の授業のある教室へとゆっくり歩いた。

立っているのがつらくて、生徒に教科書を読ませている間、ずっと椅子に座っていた。生徒の、少しも抑揚《よくよう》のない単調な発音の英語を聞いていると、睡眠不足も重なって午前中にもかかわらず眠たくなってくる。気の抜けた教師の態度が生徒達にも伝染するのか、今日は私語が多い。でもそれを注意する気も起きない。

ぼんやりと考える。胸の中に混沌《こんとん》と渦巻くもの。三浦は一体何を考えているのだろう。いくら嫌だと言っても聞かない。笑いながら抱いてくる腕。あれは報復だ。三浦を裏切り続けたことに対する報復。あの男は何よりも嫌がる方法を探していたに違いない。最低で屈辱的な、暴力よりも精神的に人間を痛めつける方法を。

全部わかっている。だから傷つかない。あんなやり方じゃ傷つかない。三浦に負けたくない。笑いながら、面白そうに人をいたぶる男に絶対、屈したくない。だけどどうすれば三浦に勝てるのだろう。いや、勝ち負けはどうでもいい。どんな形でもいいから、あの男から離れたい。逃げ続けることが……結果的に勝利することになるんじゃないだろうか。

こんなことなら、こうなるとわかっていたらもっと早く手を打てばよかった。中途半端な自分の態度があの怪物を増長させた。優しくしても冷たくしてもいいからそばに近寄れないぐらい突き放せばよかった。そうすればこんな嫌な思いをせずにすんだ。

「もういいよ、座って」

文章の大きな切れ目。考えごとをしていたせいで長く読ませすぎた。センテンスの説明をするのに黒板を使うのでのそりと立ち上がる。

ガラガラと戸の開く音がした。一時間目だから、遅刻の生徒が入ってきたんだろうか。それにしてはずいぶんと遠慮のない開け方だ。入ってきた人影を認めて、全身がスッと冷たくなった。いるはずのない、そこに来られるはずのない男が立っている。穿《は》き古したジーンズの上に羽織《はお》っただけというていのシャツ、そのボタンはかけ間違えている。細められた瞳は、まっすぐに自分を見ていた。

「あの人、誰」

そんな囁きがあちこちから漏れる。とうとう男に怯《おび》えるだけではすまされなくなった。震える足を奮《ふる》い立たせて、戸口に近づく。だけど怖くて、三浦の前で顔を上げることはできなかった。

「今は授業中ですので、出ていっていただけませんか」

腕をつかまれた。すごい力で廊下に引きずり出される。

「僕は授業中なんだっ」

　声も無視され、ただ荷物のように引きずられる。連れていかれる。また、あの掃《は》き溜《だ》めの底にあるだるくて鬱屈《うっくつ》したアパートに連れて帰られる。

　力を込めて腕を振るうと、鎖のような手が離れた。一瞬の自由。悪夢に背中を向け、駆け出した。三浦は追いかけてくる。直線の廊下を走りきって、突き当たりの階段を駆け登る。階段を降りなければ外に出られないのに、無我夢中で頭は回らなかった。途中で気付き、三階まで上がった。特別教室ばかりが並ぶ廊下を走る。突き当たりまでいけば非常階段から下に降りられるはずだった。

　非常階段へ続くドアのロックを解除しようとする。だけどつまみが固くて回らない。滅多《めった》に使うことがないから錆《さ》びついているのかもしれない。扉に体当たりして、強引に開けようとした。だけどアルミのドアの中央が少し凹《へこ》んだだけで、びくともしない。そうしている間に奴が追いついてきた。他に逃げ道はないからただ必死になってドアノブをがちゃがちゃ乱暴に回した。肩に手が置かれる。もう無理だ。意を決して三浦に体当たりした。ふらりとよろめきはしたものの、倒れるまではいかなかった。しっかりと目の前に立ちはだかる。

　唯一の退路、隣の音楽準備室に飛び込んだ。そこしか行き場がなかった。すぐに戸を閉めたけど鍵をかける時間はなくて、戸を開けようとする男を阻止《そし》するため、必死になってしがみついた。だけど閉めようとする力は、開けようとする力よりも弱くて、戸は徐々に隙間を広げていく。三浦が半身を割り込ませたところで、諦《あきら》めた。諦めて、奥にある扉から続きの音楽室に逃げようとした。

続きの扉に手をかけたところで捕まった。右腕をつかまれて引き寄せられ、足がもつれてその場に後ろ向きに転がった。目眩《めまい》がした。朝から気分が悪かったのに全力疾走したせいで一気にきた。背の高い男がのしかかってきて、体で体を押さえ込まれ、身動きが取れなくなる。動けなくしてから、三浦は当たり前みたいにキスしてきた。唇をこじ開けて、その奥まで乱暴に探ってくる。大きく身悶《みもだ》えて唇から逃れ、叫んだ。

「ここをどこだと思っているんだっ」

答えはない。それどころかシャツを引き出して地肌に触れてくる。いくら特別教室だけの階といっても、人が通る可能性はある。それに扉は開いたまま……。誰かに見られたら、大問題になる。仕事も辞めないといけなくなるかもしれない。両手で薄くて広い背中を叩き、できる限りの抵抗をした。息継ぎみたいにキスをやめた三浦は、楽しそうにうっすらと笑った。

「こんなことして、何が楽しいんだ」

例えたくもない、だけど自分が猫にいたぶられる瀕死の鼠《ねずみ》のようだと思った。ひどい話だ。

「俺が楽しんでると思うか」

逆に問い返された。だけど返事など期待してないようで、こちらが何か言う前に深く接吻《くちづけ》してきた。

「お前といたって、楽しいことなんてあるものか。一人のほうがずっとましだ。けどこうしてると、気持ちがいいからさ」

はだけられた胸許に顔を押しつけてくる。

「そんなの、体だけじゃないか」

「体しかくれないんだろう」

三浦は上体を起こし、瀕死のネズミを見下ろしてきた。

「ここは、駄目なんだろう」

右の手のひらで、三浦ははだけた左胸をじわっと押さえつけてきた。

「同情もしてくれない、友達にもなれない。そこにいないみたいに無視されて、話しかけても返事はない。俺はここに入れてもらえないんだろう」

押しつけた手のひらで胸をわしづかみにされた。指が食い込んで、痛い。

「けど、触れると温かい。それに触ったらお前の体は返事をする。嫌だとか、気持ちいいとか。そっちのほうがずっと、優しい」

三浦は人の胸に顔を埋めたまま、一時《いっとき》動かなかった。胸にかぶさる頭は重たくて、そのまま押し潰されそうで、何度も細い息をついた。可哀相になったから、そんな理由じゃなかった。両手で胸にある頭にそっと触れた。自衛本能のように。三浦の頭がびくりと震えて、前にも増して力強く抱きしめられた。

「今どこかに行かれたら、俺はもうお前を見つけられないかもしれない」

ゆっくりと起き上がった男に、手を引かれた。部屋の隅で、向かい合って座り込む。言葉もないままぼんやりとお互いの顔を見ていた。三浦の指が乱れたシャツの胸許を正す。引き出した裾をスラックスに押し込む。

「今日は、帰ってくるのか」

持ってきた荷物のことを、知っているんだろうか。

「……帰るよ」

「そうか。それなら、いいんだ」

ため息が耳許を掠める。三浦は立ち上がり、「……悪かったな」と謝った。

いないとわかって、血相変えて追いかけてきた男。逃げることを予測したように追いかけてきた男。並んで階段を降りた。静かな階段。二階まで降りるとようやく人の声が聞こえてきた。

「お前は、俺に会わないほうがよかったんだろうな」

階段を一つ残して立ち止まった三浦が呟いた。

「俺もお前に会わないほうがよかったんだろうな。こんなみっともない真似はもうたくさんだ」

うつむいて、黙り込む。

「でも、まあ仕方ないか」

顔を上げて、苦笑いした。

「じゃあ後でな」

肩先を軽く叩いて行き過ぎた男は、足早に階段を駆け降りていった。何か言わなければいけないことがあった気がするけれど、何だったのかどうしても思い出すことができなかった。

真夜中の気配がした。サイドテーブルの時計は午前二時を指している。最中に眠ってしまったので体は汗でじわりと湿っていたし、下着すらつけていない。逃げることも、拒むことも諦めてだらだらとした体の関係を続けて一ヵ月になる。気づきたくもないが、男との行為に慣れてきた体は、それほど苦痛を訴えなくなっていた。

規則正しい呼吸を繰り返して眠る男。わずかに眉が動く。どんな夢を見ているのか、そんなことを考えた。瞼《まぶた》が痙攣《けいれん》するように動いて、目を覚ます。寝ぼけ半分の右手に抱き寄せられる。

「二十回」

耳許で、そんな風に囁かれた。なんのことかわからずに首を傾げると、口許だけで笑っていた。

「今までやった回数」

ベッドを抜け出そうとすると、声を出して笑われた。

「からかって、悪かったよ」

腕の中に取り込まれて、耳許に噛みつかれる。猫の子同士の遊びのような、軽い愛撫。指先が、人の陰毛を弄りながら下腹を執拗《しつよう》に撫で回す。

「これだけやってんだから、一度ぐらい孕《はら》みゃいいのに」

本気とも冗談ともつかない口調だった。

「まあ、あまり贅沢《ぜいたく》言っても仕方ないよな」

贅沢も何も、できるはずもないのに。

「お前さ、最近ちょっと優しいよ」

人を仰向けにして、その上にのしかかる。目を見つめて喋ってくる。

「ちょっとだけな」

三浦は笑っていた。だけど自分は笑えない。抵抗をやめることが、どうして「優しい」などという評価に繋《つな》がるのか教えてほしい。好きでこんなことをやっているとでも思っているんだろうか。一方的に奪われ、押しつけられるだけなのに。

もう視線に怯えて闇を数えるようなことはしないでおこうと思った。友情とも愛情ともつかない関係を分析しない。結局答えなど出るはずもないのだから。

たくさんの選択肢の中には、自分が変わっていく……そんな可能性もあったのだろうか。

その後のサンクチュアリ

明日は一時間目から授業があると何度言っても、聞く耳を持ってくれなかった。いつになくしつこく揺さぶられて、反動は当然で、翌朝は欲求不満の眠りとだるい腰を抱えて目が覚めた。まだ少し時間が早く、ベッドを抜け出さないでそのまま目を閉じる。秋と呼べる季節は確実に行き過ぎようとしていて、朝方も冷え込むことが多くなった。

背中だけが温《あたた》かい。腹に回された腕ももう気にならない。共に眠るようになった最初の頃は、他人のいる気配が我慢できず、何度も眠れない夜を過ごした。このまま不眠症でおかしくなるのではないかと思ったけれど、体は少しずつ適応してきて、なんとか背中の男をシーツ同様に考えることができるようになった。とうとう目覚まし時計が鳴りはじめて、ベッドサイドに手を伸ばした。シーツから抜け出そうとすると、それまで意思のなかった腕が急に抱きしめてきて、引き止める素振《そぶ》りを見せた。

「駄目だ」

絡《から》まる腕を振り払って起きようとすると、髪の毛をつかまれた。痛くて三浦に引かれるままにベッドの中に戻らざるをえなくなる。

「和也《かずや》」

甘えてしがみついてくる。

「髪を引っ張るなって何度も言ってるのに。お前だってそんなことされたら嫌だろ」

髪をつかまれて、そのたびに怒っているのに少しも言うことを聞かない。引き止める一番手っ取り早い方法だからやめない。それがわかるから、よけいに苛々《いらいら》とさせられる。

「いつ服を着たんだ」

おまけに人の話を無視して喋る。

「お前が寝てる間にシャワー浴びたんだよ。いいか、二度と髪を引っ張るなよ。今度引っ張ったりしたら……」

頬《ほお》に唇が触れる。

「やめろよ」

舌先で唇に触れられて、顔を背《そむ》けると追いかけてキスされた。

「やめろったら……」

こんな風に朝、絡みはじめると三浦は質《たち》が悪い。こっちの都合などおかまいなしにやりたがる。本気で抵抗すると、こちらの反応を面白がって終わらなくなるのは今までの経験から学習した。刺激しないように、かつ諦《あきら》めるよう仕向けなくてはいけない。

「午前中に授業が三限入ってるんだ。どうしてもっていうなら夜まで我慢しろよ」

最初はこんな台詞《せりふ》を吐く自分に嫌悪すら感じたが、背に腹は代えられない。三浦の気分次第ではあるものの、わりにあっさりと諦めてくれる時もある。

「一回だけ、なあ」

今日は駄目だった。時計をチラッと確認する。朝食を抜きにすればなんとか間に合うだろうか。

「……早くしろよ」

ため息をつき、仕方なく同意した。

最近職員室での朝礼に遅刻することが多く、学年主任の岩佐《いわさ》先生に注意されたばかりだった。男に絡まれるから遅れるとは言えなくて、低血圧で朝起きられないんだと言い訳したら「若い女の人のようですね」と厭味《いやみ》を浴びせられた。

どうせ間に合わないし、授業は二時間目から。急ぐのも馬鹿らしくて朝食を食べてから出勤することにする。キッチンのテーブルで一人、パンをかじっているとシャワーを浴びたのか、三浦が濡《ぬ》れた髪のまま向かいに座った。どこまでも自分勝手でわがままな男。だから話しかけられても、聞こえないふりで無視を決め込んだ。怒っている理由を真面目《まじめ》に考えろ。だけど当の三浦はそんな態度を気にする風もなく、向かいでにやにやと笑っている。

「言い忘れてた。今日から入院してくる」

買い物に行くから、映画を見てくるから、そんな言葉と同様の気軽さ。顔も上げず、黙々とパンをちぎっていたけれど、自分の耳の先は猫みたいに尖《とが》りきっていた。気にしていると知られないよう、無視して上辺《うわべ》は無関心を装《よそお》う。

「前に入院してた病院だ。定期検診に行ったら、上手《うま》くコントロールできてないみたいだから一度入院したほうがいいと言われた。食事療法も兼ねて今のうちなら二、三週間ですむらしい」

「そうか」

気のない相槌《あいづち》を返す。

「夜が寂しくなるだろうけど、ちょっとだけ我慢しろよ。スマホも買ったし俺の声が聞きたくなったらいつでも掛けてこい」

「お前、本気で僕が寂しがるとでも思ってるのか」

顔を上げると視線が重なる。

三浦は笑っていた。ふざけた男にいつまでも付き合いきれない。椅子から立ち上がり、鞄《かばん》を片手に「いってきます」の言葉も残さず、出勤するために玄関のドアを開けた。


「何かいいことでもあったんですか」

職員室で隣に座る同僚にそう聞かれ「どうしてですか」と問い返すと表情が明るいですからと返ってきた。こんな嫌な天気にもかかわらずねえ、と。確かに朝から空は灰色の厚い雲に覆《おお》われていた。すぐにでも雨が降りそうな匂いがしている。気温も低い。同僚の言う通り。いいこと、大ありだ。今日は岩佐先生が休みで、遅刻でネチネチと厭味を言われることもなかったし、仕事が終わってマンションに帰っても三浦はいない。久しぶりに自分一人だけの時間を満喫することができる。

「家に帰るのが楽しみなんです」

「へえ……。私なんかその逆ですよ。いま女房と喧嘩してて、家の敷居が高いのなんのって、たまりませんわ」

四十過ぎの同僚は、黒い回転椅子をギシギシ軋《きし》ませた。

チャイムが鳴りはじめ、十分の休憩時間も終わった。教材を抱え、椅子から立ち上がる。今晩のことを考えただけで楽しくなる。帰っても三浦にべたべたとまとわりつかれずにすむ。盛《さか》ってきた男の相手をしなくていい。そんなことを考えながら廊下を歩いているうちに、ふと気づいた。普通の男はこんなこと当たり前なんじゃないのか。同性に絡まれることも、体の関係を持つこともない。そんな考えに至った時、自分の境遇の異常さに改めて気づいて、気持ちが暗く沈んだ。

職員会議があり、終わると七時を過ぎていた。帰り道、風が強くてシャツだけの薄着を後悔しながら、去年クリーニングにも出さずにクロゼットの中にしまい込んだコートの存在を思い出した。

マンションのドアを開くと、家の中は冷たく、シンと静まり返っていた。そういえば最近灯《あかり》の消えた部屋に帰ってきたことがなかった。帰る時間帯、三浦は必ずといっていいほど家にいた。リビングにゆき暖房のスイッチを入れる。暖かい風を頬に感じてほっとする。ソファに鞄を放り投げ、ネクタイの結び目を緩《ゆる》めて、茶を淹れる。夕食は帰り道のスーパーで買ってきたできあいの惣菜《そうざい》で、パートナーはテレビニュース。これといって興味を引かれるような話題もなかった。

リビングのソファにねそべりタブレットで動画を見る。いつもは隣に三浦がいて、鬱陶《うっとう》しいのに体をすり寄せてきて、ひどい時には人の膝《ひざ》を枕にして眠りこける。嫌がったってやめないし、逃げたって追いかけてくるから、諦めて好きなようにさせている。何かどうでもよくなってきて、二人一緒に眠りこけたこともあった。生《なま》あくびが止まらない。昨日の夜からあまりよく眠れていないせいだろう。心地《ここち》よくうとうとしかけた時、テーブルに置いてあったスマホから着信音が響いた。番号は非表示で公衆電話と出ている。無視しようかとも思ったが、生徒からのＳＯＳの可能性も捨てきれず出てみた。

『和也』

そばにいないのに、どこまでも追いかけてくる声。寝入りばなを起こされたこともあり、苛々した態度を抑えることができなかった。

「……どこからかけてるんだ」

『病院。スマホの充電が切れててな』

「何か用があるのか」

姿が見えないから、いつもより高圧的な口調になる。

『別に……』

通話を切る。せっかく一人きりの時間を満喫《まんきつ》しているというのに、こんな時まであいつの声を聞きたくない。眠気もすっかりさめてしまい、本でも読もうと十一時と早い時間に寝室に引き上げる。広いマンション。寝室に行きつくまでの廊下が寒くてぶるっと身震いした。

一ヵ月ほど前、以前住んでいた三浦のマンションに引っ越した。ある晩、アパートに帰ると部屋はもぬけの殻《から》、何もなくなっていた。慌てて表に飛び出して表札を確認した。朝、仕事に出るまでは確かに自分の部屋だったのに。途方に暮れて部屋の中を歩き回っていると、キッチンにメモ書きが一枚残されていた。

『マンションに帰った』

一言の相談もない、強引なやり方に腹が立ち、マンションに行っても三浦と一言も口をきかなかった。けれどその日の夜のうちに強引に唇を割られた。

「相談しなかったのは悪かったけどこっちのほうが高校に近いし便利だろう。家賃もいらないしな」

いくら無視したつもりでも、両足の間に男を収めた体勢のままでは恰好もつかず、曖昧《あいまい》に頷《うなず》くしかなかった。引っ越しの際に新居用に用意した大きな家財道具のほとんどを三浦は勝手に捨てていた。だけどそれに気づいたのは引っ越して一週間以上過ぎてからで、ばつが悪くて責めることはできなかった。

自分の部屋にあるセミダブルのベッドは、三浦のベッドでもある。三浦の部屋にもベッドはあるのに必ずこっちのベッドで一緒に眠る。セックスする時も、しない時も。

早々にベッドにもぐり込んだものの、本を読んでいるうちによけいに頭が冴《さ》えてしまい、寝ついたのは遅かった。

明け方、とても寒くて闇雲《やみくも》に両手をかき回しながら目を覚ました。そんなに急に冷え込んだのかと、もう少し厚めの布団《ふとん》を用意しないといけないと思いながら起き上がる。新聞を片手にトーストとコーヒーだけの簡単な朝食を取る。三浦がいると食べている最中でも平気で話しかけてきて、少しも新聞に集中することができない。七時半になったので椅子から立ち上がった。もうそろそろ仕事に行かなくてはいけない。

家を出て数歩歩いた時に、玄関の鍵をかけ忘れたことに気付いた。ここしばらくの間、三浦が家にいたから、自分で玄関に鍵をかけたことがなかった。慌てて部屋に戻り、しっかり鍵をかける。そして遅れた分を取り戻すために足早に歩いた。

中間が終わったといっても受験生である三年生のクラスは微妙な緊張感を帯び、休み時間に勉強している生徒の姿も珍しくない。参考書を抱えて職員室に質問に来る生徒も多いが、決して忙しかったわけじゃない。

それなのに仕事から帰ってくるとやけに疲れていて、ソファに腰掛けたままうたた寝していた。テレビから流れてくる大きな笑い声に目を覚ます。九時になろうという時刻なのに食事も取らずに眠り惚《ほう》けていた。

目許を強く擦《こす》る。固定電話が鳴りはじめた。立ち上がるのが億劫《おっくう》でうるさく鳴る電話をぼんやりと眺《なが》める。留守番電話に繋《つな》がったとたんに切れた。相手からのメッセージは何も入らなかったが、三浦のような気がした。

ラーメンで夕食をすませ、風呂に入ろうとした時、もう一度固定電話が鳴った。それも留守電に繋がるとすぐに切れる。二時間の間に五回も似たような電話があった。どれも無言電話。出なければ、夜中ベルは鳴り続けそうな気がした。だけど六回目の電話はメッセージを残した。小野寺《おのでら》からだった。

『久しぶりだな、三浦。元気にしてるか』

秋に、仲違《なかたが》いしたまま連絡の途絶《とだ》えた友人。リアルタイムに聞こえる声は、何とも気まずかった。

『体の調子はどうだ？　それだけが心配だよ。和也には会えたのか？　会いに行くって出ていったままずっと連絡がないから心配している。これを聞いたなら一度電話が欲しい。それと……こっちにもお前の働けそうなところがあるから、いつでも帰ってきていいからな。それじゃあな、また』

電話が切れたあと、ぼんやりと録音ボタンの点滅を眺めた。どうしてそんなことをしてしまったのかはわからないけど、消去ボタンに手をかけ、メッセージを消した。

三浦は小野寺からの声を聞くことはない。目の前で固定電話が鳴る。反射的に受話器を取った。

『和也』

やっぱり三浦だった。

「何度もかけるな。うるさいから」

『家にいるなら電話ぐらい出ろよ、不精《ぶしょう》な奴だな』

「寝てたんだ。用もないのにかけてくるな」

『用ならちゃんとあるぜ』

「何」

『お前の声が聞きたかった』

叩きつけるようにして電話を切る。くだらない、付き合っていられなかった。

目が覚めた。あたりはまだ暗く、もう一度眠ろうと目を閉じる。眠くなれと呪文のように繰り返しても、眠りは近づいてこない。
退屈しのぎにそっと股間に手を伸ばす。一人でするのは久しぶりだった。間を置かずしたがる男のせいで、最近は一人でマスターベーションすることもなかった。快感を追いかけながら、自分の指先は必死で誰かを模倣《もほう》しようとしている。自分の指なのに、自分の指じゃない。目を閉じると、確かに誰かにそうされている場面を想像していた。時間をかけてまさぐられて、散々焦《じ》らされて……。誰にそうされているのか考えたくもない。脱力感は後悔と共にやってきた。汚れた右手をティッシュで拭《ふ》き取る。前もそうしていたはずなのに、同じことをしているのに虚《むな》しくてたまらなかった。

寒くもないのに隣をまさぐって朝、目を覚ます。厚手の毛布も出したし、どうしてそんなことをしていたのか不思議で首を傾《かし》げ、単に寒いからだけじゃなく自分が誰かを探していたことに気づいた。仕方ない。違和感があるのは当然のことだ。今までいそぎんちゃくみたいにべったりだったものがなくなったのだから。自分にそう言い聞かせて一人納得する。ベッドから起き出し、のろのろと着替えてリビングのソファに腰掛けた。何の予定もない休日。朝食を食べる気にもならなくて、朝のニュースを流し見した。

何もしないまま、気がつくと昼過ぎになっていた。空腹で冷蔵庫を開けてみるも、ろくに食べられるものがない。仕方がないから財布をつかんで外に出た。材料を買って帰るか、何か食べて帰るか迷い、作るのが面倒で近くのコーヒーショップのランチメニューで朝食兼昼食をすませた。書店に立ち寄り、ベストセラーの文庫本を気まぐれに立ち読みした。読みかけた文庫を買い、外に出ると冷たい風が頬に吹きつけ、思わず目を閉じた。

……三浦の入院している病院はこの近くだった。五分も歩けば見えてくる。病院の方向には文房具店がある。レポート用紙がなかったことを思い出し、そちらの方向に足を向けた。ゆっくりと歩く。一時期、足しげく通った病院がだんだんと大きく見えてくる。今年の四月、具合が悪くなり入院したあの男を見舞うために何度もこの道を通った。あの頃はまだ婚約中で、半年後に自分がこんな境遇に陥《おちい》るなど想像もしなかった。病院の手前にある文房具店でレポート用紙を買う。病院はすぐそこにある。ここまで来たからといって、三浦に会っていかないといけない訳じゃない。せっかく一人きりの時間を楽しんでいるというのに、わざわざあの男の顔を見に行くのも間抜けな話だ。

帰りかけて立ち止まる。急いで帰る用もないし何時間もそばにいないといけないわけじゃない。顔だけでもチラッと見てこようか。ほんの気まぐれだった。自分以外であの男の見舞いに行く人間がいるとは思えないし、一度ぐらい行っておかないと「薄情な同居人」と看護師や医師に思われそうだ。

内科の病棟は知っていたから、ナースステーションで三浦の病室を聞いた。あの男がいるのは奥にある大部屋で病室の扉は開放されていた。部屋の前にある名札のプレートでは、三浦は窓際のベッドになっていた。外から中を覗《のぞ》くと、寝ている人もいれば、本を読んでいる人、スマホでゲームをしている人もいた。

三浦は眠っていた。ベッドの上、シーツを胸までかけて、深い呼吸を繰り返している。そばに行っても少しも気づかない。血色のよい頬は病気の人間の顔に見えなかった。眠っている顔を見ていると、昔の三浦を思い出した。乱暴で仕方がなかった、大嫌いだった子供の頃の……。廊下を走るパタパタという足音が聞こえ、眠っていた瞼《まぶた》がピクリと動いた。うっすらと目を開ける。ベッドサイドに立っているのが誰だか気付くと、声も出さずにじっと見つめてきた。

「驚いた」

見舞いに来たことを「驚いた」と言われ、顔が不愉快に歪《ゆが》んでゆくのが、自分でわかった。

「こっちに来たついでだよ。すぐに帰る」

三浦はベッドから降り、いいからと遠慮したのに隣のベッドの人から椅子を借りた。

「まあ、座れよ」

折り畳み椅子に腰を下ろす。入院してから、まだ三日しか経《た》っていない。三浦はベッドに横向きに、見舞客と向かい合って座った。

「和也」

指先がこちらに伸びてきて、慌てて体を引く。そんな仕種《しぐさ》に指先は戸惑《とまど》うように宙を泳ぎ、三浦は苦笑いした。椅子に座り、病人の顔を見てもなんの言葉も浮かんでこない。「元気か、具合はどうだ」というテンプレートの言葉すら。望んでもいないことを声に出すのも面倒だった。それならどうして自分はここに来た？　入院すると告げたその日、三浦は見舞いに来いとは一言も言わなかった。

見舞いなど必要なかったんじゃないだろうか。だから言わなかったのだ。まあ「来てほしい」と言われても来たいとは思わなかったけれど……そこまで考えて、愕然《がくぜん》とした。怖くなった。ひょっとして来たくないと知っていたから、言っても無駄だとわかっていたから言わなかったんじゃないのか。触れようとした指先を拒否されてから、なんの動きも見せなかった三浦がぐっと体を近づけてきて、耳許に囁《ささや》いた。

「キスしろよ」

……焦《あせ》って周りを見渡した。向かいの人は寝ていたし、隣の人とはカーテンで遮られているとはいえ、こんな場所で……。

「早くしろよ。今なら大丈夫だから」

急《せ》かされても、躊躇《ためら》いがある。けれど強い視線から目が離せない。

「この時間、看護師も来ないからさ」

よろけるように立ち上がった。そうしなくてはいけない気がして、ベッドに腰掛ける三浦の前で膝を曲げる。座る男は微動だにしない。中腰の姿勢でバランスが取れず、そっと肩に手を置いた。どきりとするほど細く厚みのない肩先。唇が触れる寸前で三浦が目を閉じた。そんな仕種で我に返る。キスしろと言われても、別にそれに従わなくてもいいんじゃないだろうか。脅《おど》かされてるわけでもないのだから。

触れない唇。寸前で思い止まり、何も言わずに椅子に座り直す。三浦は小さく「ちえっ」と舌打ちした。

「馬鹿なこと言ってないで、早く治せ」

どこまでもからかうような表情が消えなかった三浦の顔が、すっと真顔になる。悲しげな表情のまま笑う。

「そうだな」

引き止められなかったので、早々に病院をあとにした。待ってなんていなくても、そのうちに帰ってくる。前と同じ不遜《ふそん》な態度で、自分の隣に。帰るなり居間のソファでうたた寝を始め、夢の中で固定電話の呼び出し音を聞いた。

『和也』

一言だけメッセージを残して、電話は切れた。そばにいないけど、そばにいるような奇妙な錯覚を起こしてストンと深い眠りの底に落ちた。


夜中の十一時になると、廊下に出ている人はほとんどいない。半分灯の消された談話室、スマートフォンを片手に、電話をかけようとしたその時だった。

「三浦さん？」

振り返ると、談話室の入り口から夜勤の看護師、野本《のもと》がこちらを覗きこんでいた。

「部屋にいないからどこ行ったのかと思った」

「ああ、すみません」

今年就職したばかりだという野本は、人懐《ひとなつ》っこい顔で笑った。

「三浦さん、よく談話室で電話してるよね」

「病室じゃうるさいから」

野本は「もしかして」と談話室に入ってくる。

「彼女にかけてるの？」

「まあ……そんなものかな」

苦笑いする三浦に、野本は「やっぱりそうかー」と腰に手をあてた。

「けどさ三浦さんもまめだよね」

「そんなんじゃないけど……」

三浦はスマートフォンを額に押しあてた。

「あいつ、家電だとなかなか電話に出ないからな」

「スマホの方に掛けてみたら？」

「家電に出るってことは、ちゃんと家にいるってことだろ」

野本は首を傾げた。

「もしかして彼女の浮気とか心配してる？」

野本の言葉に三浦は苦笑いした。

「俺のいない間に、どっか逃げていってないか心配なんだよ。考え出したら眠れないから電話をかけて確かめてる」

「逃げるなんて、大げさじゃない？」

三浦はふっと笑った。

「かもな。とにかく俺は一日でも早く退院したい。よろしく頼むよ」

「じゃあ三浦さんもちゃんと〝ベッド上安静〟を守ってね。ここだけの話、今の調子だったら来週には退院できそうだってドクターは言ってたよ。ガンバ」

野本が行ってしまってから、改めて電話をかけた。今日、家の電話に掛けるのはこれで八度目だ。

ようやく受話器を取り上げる音が聞こえ、『はい』と不機嫌な声が返ってくる。

「ずいぶんと帰りが遅かったんだな、和也」

『飲み会があったんだ』

「来週ぐらいには帰れそうだ」

沈黙の意味。考えて胸が痛む、傷つくことにももう慣れた。

「おやすみ」

通話を切る。同じことの繰り返し、前に自分が和也に投げかけた言葉。今もそう、同じところをぐるぐる回っている。心はいらないと言った。欲しいと言ったって、ひとかけらだってくれないというのは嫌というほど思い知った。それでも離れられなかった。離れられない。早く帰りたいと思った。そうすれば抱いて眠ることができる。

優しい体は自分を慰めてくれる。眠った和也の顔を見るのが好きだ。時々思い出したように笑うことがあるから。抱き合って眠る時はいつもシーツをそっと剝《は》ぎ取った。そうすれば寒がって無意識に自分にしがみついてくる。必要とはされてないとわかっていても、嬉しくなる。

この感情が、執着《しゅうちゃく》なのか恋愛感情なのかもうわからなくなっていた。一つだけはっきりしているのは、ただそばにいたいと咽《むせ》ぶように泣く自分の心だけだった。

本書は一九九八年四月にビブロスより刊行された、ノベルス版『嫌な奴』を大幅に加筆修正したものです。

|著者|木原音瀬　高知県生まれ。1995年「眠る兎」でデビュー。不器用でもどかしい恋愛感情を生々しくかつ鮮やかに描き、ボーイズラブ小説界で不動の人気を持つ。『箱の中』と続編『檻の外』は刊行時、「ダ・ヴィンチ」誌上にてボーイズラブ界の芥川賞作品と評され、話題となった。著書は『箱の中』『美しいこと』『秘密』(以上講談社文庫)『罪の名前』『コゴロシムラ』(以上講談社単行本)『さようなら、と君は手を振った』『月に笑う』『ラブセメタリー』など多数ある。

嫌《いや》な奴《やつ》

木原音瀬《このはらなりせ》

2020年2月14日第1刷発行

発行者──渡瀬昌彦
発行所──株式会社　講談社
東京都文京区音羽2-12-21　〒112-8001
電話　出版 (03) 5395-3510
　　　販売 (03) 5395-5817
　　　業務 (03) 5395-3615

Printed in Japan

講談社文庫
定価はカバーに
表示してあります

デザイン─菊地信義
本文データ制作─講談社デジタル製作
印刷───豊国印刷株式会社
製本───株式会社国宝社

ISBN978-4-06-516279-8

講談社文庫刊行の辞

二十一世紀の到来を目睫に望みながら、われわれはいま、人類史上かつて例を見ない巨大な転換期をむかえようとしている。

世界も、日本も、激動の予兆に対する期待とおののきを内に蔵して、未知の時代に歩み入ろうとしている。このときにあたり、創業の人野間清治の「ナショナル・エデュケイター」への志を現代に甦らせようと意図して、われわれはここに古今の文芸作品はいうまでもなく、ひろく人文・社会・自然の諸科学から東西の名著を網羅する、新しい綜合文庫の発刊を決意した。

激動の転換期はまた断絶の時代である。われわれは戦後二十五年間の出版文化のありかたへの深い反省をこめて、この断絶の時代にあえて人間的な持続を求めようとする。いたずらに浮薄な商業主義のあだ花を追い求めることなく、長期にわたって良書に生命をあたえようとつとめるところにしか、今後の出版文化の真の繁栄はあり得ないと信じるからである。

同時にわれわれはこの綜合文庫の刊行を通じて、人文・社会・自然の諸科学が、結局人間の学にほかならないことを立証しようと願っている。かつて知識とは、「汝自身を知る」ことにつきていた。現代社会の瑣末な情報の氾濫のなかから、力強い知識の源泉を掘り起し、技術文明のただなかに、生きた人間の姿を復活させること。それこそわれわれの切なる希求である。

われわれは権威に盲従せず、俗流に媚びることなく、渾然一体となって日本の「草の根」をかたちづくる若く新しい世代の人々に、心をこめてこの新しい綜合文庫をおくり届けたい。それは知識の泉であるとともに感受性のふるさとであり、もっとも有機的に組織され、社会に開かれた万人のための大学をめざしている。大方の支援と協力を衷心より切望してやまない。

一九七一年七月

野間省一

講談社文庫 最新刊

木《この》原《はら》音《なり》瀬《せ》
嫌な奴
BL界屈指の才能による傑作が大幅加筆修正で登場。これぞ世界的水準のLGBT文学！

鳥羽 亮
お京危うし
〈鶴亀横丁の風来坊〉
仲間が攫《さら》われた。手段を選ばぬ親分一家に、彦十郎は奇策を繰り出す！〈文庫書下ろし〉

丸山ゴンザレス
ダークツーリスト
〈世界の混沌《カオス》を歩く〉
危険地帯ジャーナリスト・丸山ゴンザレスの、世界を股にかけたクレイジーな旅の記録。

山本周五郎
雨あがる
〈映画化作品集〉
黒澤明「赤ひげ」、野村芳太郎「五瓣《ごべん》の椿《つばき》」など、名作映画の原作ベストセレクション！

加藤元浩
量子人間《クオンタムマン》からの手紙
〈捕まえたもん勝ち！〉
密室を軽々とすり抜ける謎の怪人からの挑戦状！ 緻密にして爽快な論理と本格トリック。

三浦明博
五郎丸の生涯
残されてしまった人間たち。その埋められない喪失感に五郎丸は優しく寄り添い続ける。

石川智健
エウレカの確率
〈経済学捜査と殺人の効用〉
自殺と断定された事件を伏見《ふしみ》真守《まもる》が経済学的視点で覆す。大人気警察小説シリーズ第3弾！

蛭田亜紗子
凜
開拓期の北海道。過酷な場所で生き抜こうとする者たちがいた。生きる意味を問う傑作！

マイクル・コナリー
古沢嘉通 訳
レイトショー（上）（下）
ボッシュに匹敵！ ハリウッド分署深夜勤務《ナイトシフト》・女性刑事新シリーズ始動。事件は夜起きる。

さいとう・たかを
戸川猪佐武 原作
歴史劇画 **大宰相**
〈第四巻 池田勇人と佐藤栄作の激突〉
高等学校以来の同志・池田と佐藤。しかし、「次は君だ」という口約束はあっけなく破られた——。

講談社文庫 最新刊

濱 嘉之
院内刑事《デカ》 フェイク・レセプト
診療報酬のビッグデータから、反社が絡む大がかりな不正をあぶり出す！〈文庫書下ろし〉

佐々木裕一
帝《みかど》の刀《とう》匠《しょう》〈公家武者 信平《のぶひら》㈦〉
名刀を遥かに凌駕する贋作《がんさく》を作る刀鍛冶。その類《たぐい》まれなる技を目当てに蠢《うごめ》く陰謀とは？

池井戸 潤
銀行狐
金庫室の死体。頭取あての脅迫状。連続殺人。金と人をめぐる狂おしいサスペンス短編集。

麻見和史
鷹《たか》の砦《とりで》〈警視庁殺人分析班〉
人質の身代わりに拉致されたのは、如月塔子《きさらぎとうこ》だった。事件の真相が炙り出すある過去とは。

西村京太郎
西鹿児島駅殺人事件
寝台特急車内で刺殺体が。警視庁の刑事も殺されてしまう。混迷を深める終着駅の焦燥！

椹野道流
池《ち》魚《ぎょ》の殃《わざわい》 鬼籍通覧
まさかの拉致監禁！ 若き法医学者たちに人生最大の危機が迫る。災いは忘れた頃に！

浅生 鴨
伴走者
パラアスリートの目となり共に戦う伴走者を描く。夏・マラソン編／冬・スキー編収録。

高田崇史
神の時《と》空《き》〈京の天命〉
松島、天橋立、宮島。名勝・日本三景が次々と倒壊、炎上する。傑作歴史ミステリー完結。

有川ひろ ほか
ニャンニャンにゃんそろじー
猫のいない人生なんて！ 猫好きが猫好きに贈る、猫だらけの小説&漫画アンソロジー。

喜多喜久
ビギナーズ・ラボ
難病の想い人を救うため、研究初心者の恵輔は治療薬の開発という無謀な挑戦を始める！

講談社文芸文庫

庭の山の木
庄野潤三

家庭でのできごと、世相への思い、愛する文学作品、敬慕する作家たち——著者のやわらかな視点、ゆるぎない文学観が浮かび上がる、充実期に書かれた随筆集。

解説=中島京子　年譜=助川徳是

しA15
978-4-06-518659-6

明夫と良二
庄野潤三

何気ない一瞬に焼き付けられた、はかなく移ろいゆく幸福なひととき。人生の喜びとあわれを透徹したまなざしでとらえた、名作『絵合せ』と対をなす家族小説の傑作。

解説=上坪裕介　年譜=助川徳是

しA14
978-4-06-514722-1

講談社文庫　目録

香月日輪　大江戸妖怪かわら版③〈封印の娘〉
香月日輪　大江戸妖怪かわら版④〈天空の竜宮城〉
香月日輪　大江戸妖怪かわら版⑤〈雀、大浪花に行く〉
香月日輪　大江戸妖怪かわら版⑥〈魔狼、月に吠える〉
香月日輪　大江戸妖怪かわら版⑦〈大江戸散歩〉
香月日輪　地獄堂霊界通信①
香月日輪　地獄堂霊界通信②
香月日輪　地獄堂霊界通信③
香月日輪　地獄堂霊界通信④
香月日輪　地獄堂霊界通信⑤
香月日輪　地獄堂霊界通信⑥
香月日輪　地獄堂霊界通信⑦
香月日輪　地獄堂霊界通信⑧
香月日輪　ファンム・アレース①
香月日輪　ファンム・アレース②
香月日輪　ファンム・アレース③
香月日輪　ファンム・アレース④
香月日輪　ファンム・アレース⑤(上)(下)
近衛龍春　長宗我部盛親(上)(下)

近衛龍春　加藤清正〈豊臣家に捧げた生涯〉
香坂直　走れ、セナ！
小林正典　英国太平記
小鶴　カンガルーのマーチ
木原音瀬　箱の中
木原音瀬　美しいこと
木原音瀬　秘密
神立尚紀　祖父たちの零戦〈Zero Fighters of Our Grandfathers〉
神立尚紀・大島隆之　零戦〈搭乗員たちが見つめた太平洋戦争〉
古賀茂明　日本中枢の崩壊
近藤史恵　薔薇《ばら》を拒む
近藤史恵　砂漠の悪魔
近藤史恵　私の命はあなたの命より軽い
小泉凡　怪談四代記〈八雲のいたずら〉
小島正樹　武家屋敷の殺人
小島正樹　硝子の探偵と消えた白バイ
小松エメル　夢の燈《ほ》影《かげ》〈新選組無名録〉
小松エメル　総司の夢
近藤須雅子　プチ整形の真実

小島環　小旋風《つむじかぜ》の夢《む》絃《げん》
小島環 原作／あなしん 脚本／おかざきさとこ　小説　春待つ僕ら
呉勝浩　道徳の時間
呉勝浩　ロスト
呉勝浩　蜃気楼の犬
呉勝浩　白い衝動
こだま　夫のちんぽが入らない
講談社校閲部　間違えやすい日本語実例集〈熟練校閲者が教える〉
佐藤さとる　だれも知らない小さな国〈コロボックル物語①〉
佐藤さとる　豆つぶほどの小さないぬ〈コロボックル物語②〉
佐藤さとる　星からおちた小さなひと〈コロボックル物語③〉
佐藤さとる　ふしぎな目をした男の子〈コロボックル物語④〉
佐藤さとる　小さな国のつづきの話〈コロボックル物語⑤〉
佐藤さとる　コロボックルむかしむかし〈コロボックル物語⑥〉
佐藤さとる　天狗童子
佐藤さとる 絵／村上勉　わんぱく天国
佐藤愛子　新装版 戦いすんで日が暮れて
佐木隆三　慟哭〈小説・林郁夫裁判〉
沢田サタ編　新装版 泥まみれの死〈沢田教一ベトナム戦争写真集〉

佐伯泰英　風雲〈交代寄合伊那衆異聞〉
佐伯泰英　邪宗〈交代寄合伊那衆異聞〉
佐伯泰英　阿片〈交代寄合伊那衆異聞〉
佐伯泰英　攘夷〈交代寄合伊那衆異聞〉
佐伯泰英　上海〈交代寄合伊那衆異聞〉
佐伯泰英　黙《もっ》契《けい》〈交代寄合伊那衆異聞〉
佐伯泰英　御《お》暇《いとま》〈交代寄合伊那衆異聞〉
佐伯泰英　難航〈交代寄合伊那衆異聞〉
佐伯泰英　海戦〈交代寄合伊那衆異聞〉
佐伯泰英　謁見〈交代寄合伊那衆異聞〉
佐伯泰英　交易〈交代寄合伊那衆異聞〉
佐伯泰英　朝廷〈交代寄合伊那衆異聞〉
佐伯泰英　混《こん》沌《とん》〈交代寄合伊那衆異聞〉
佐伯泰英　断絶〈交代寄合伊那衆異聞〉
佐伯泰英　散《ざん》斬《ぎり》〈交代寄合伊那衆異聞〉
佐伯泰英　再会〈交代寄合伊那衆異聞〉
佐伯泰英　茶葉〈交代寄合伊那衆異聞〉
佐伯泰英　開港〈交代寄合伊那衆異聞〉

佐伯泰英　暗殺〈交代寄合伊那衆異聞〉
佐伯泰英　血脈〈交代寄合伊那衆異聞〉
佐伯泰英　飛躍〈交代寄合伊那衆異聞〉
沢木耕太郎　一号線を北上せよ〈ヴェトナム街道編〉
佐藤友哉　エナメルを塗った魂の比重〈鏡稜子ときせかえ密室〉
佐藤友哉　水没ピアノ〈鏡創士がひきもどす犯罪〉
佐藤友哉　クリスマス・テロル〈invisible×inventor〉
櫻田大造　「優」をあげたくなる答案・レポートの作成術
佐川光晴　縮んだ愛
沢村凜　タソガレ
佐野眞一　誰も書けなかった石原慎太郎
佐野眞一　津波と原発
佐藤多佳子　一瞬の風になれ　全三巻
笹本稜平　駐在刑事
笹本稜平　駐在刑事　尾根を渡る風
佐藤亜紀　ミノタウロス
佐藤亜紀　醜聞の作法
佐藤千歳　インターネットと中国共産党〈「人民網」体験記〉
斎樹真琴　地獄番　鬼蜘蛛日誌

桜庭一樹　ファミリーポートレイト
佐々木則夫　なでしこ力〈さあ、一緒に世界一になろう!〉
沢里裕二　淫具屋半兵衛
沢里裕二　淫　果　応　報
佐藤あつ子　昭《あき》　田中角栄と生きた女
西條奈加　世直し小町りんりん
西條奈加　まるまるの毬《いが》
佐伯チズ　改訂完全版　佐伯チズ式「完全美肌バイブル」〈123の肌悩みにズバリ回答!〉
斉藤洋　ルドルフとイッパイアッテナ
斉藤洋　ルドルフともだちひとりだち
佐々木裕一　若返り同心　如月源十郎〈不思議な飴玉〉
佐々木裕一　若返り同心　如月源十郎〈闇の顔〉
佐々木裕一　公家武者　信《のぶ》平《ひら》〈消えた狐丸〉
佐々木裕一　逃げた名馬〈公家武者　信平㈡〉
佐々木裕一　比叡山の鬼〈公家武者　信平㈢〉
佐々木裕一　公《く》卿《ぎょう》の罠《わな》〈公家武者　信平㈣〉
佐々木裕一　狙われた旗本〈公家武者　信平㈤〉
佐々木裕一　赤い刀身〈公家武者　信平㈥〉
佐藤究《きわむ》　QJKJQ

講談社文庫　目録

佐藤　究　Ａｎｋ：〈a mirroring ape〉
佐野　晶／三田紀房・原作　小説アルキメデスの大戦
澤村伊智　恐怖小説キリカ
さいとう・たかを／戸川猪佐武　原作　歴史劇画　大宰相〈第一巻　吉田茂の闘争〉
さいとう・たかを／戸川猪佐武　原作　歴史劇画　大宰相〈第二巻　鳩山一郎の悲運〉
司馬遼太郎　新装版　播磨灘物語　全四冊
司馬遼太郎　新装版　箱根の坂（上）（中）（下）
司馬遼太郎　新装版　アームストロング砲
司馬遼太郎　新装版　歳　月（上）（下）
司馬遼太郎　新装版　おれは権現
司馬遼太郎　新装版　大坂侍
司馬遼太郎　新装版　北斗の人（上）（下）
司馬遼太郎　新装版　軍師二人
司馬遼太郎　新装版　真説宮本武蔵
司馬遼太郎　新装版　最後の伊賀者
司馬遼太郎　新装版　俄（上）（下）
司馬遼太郎　新装版　尻啖え孫市（上）（下）
司馬遼太郎　新装版　王城の護衛者
司馬遼太郎　新装版　妖　怪（上）（下）

司馬遼太郎　新装版　風の武士（上）（下）
司馬遼太郎　戦雲の夢〈レジェンド歴史時代小説〉
司馬遼太郎／海音寺潮五郎　新装版　日本歴史を点検する
司馬遼太郎／井上ひさし　新装版　国家・宗教・日本人
司馬遼太郎／陳舜臣／金達寿　新装版　歴史の交差路にて〈日本・中国・朝鮮〉
柴田錬三郎　お江戸日本橋（上）（下）
柴田錬三郎　貧乏同心御用帳
柴田錬三郎　新装版　岡っ引どぶ〈柴錬捕物帖〉
柴田錬三郎　新装版　顔十郎罷り通る（上）（下）
柴田錬三郎　江戸っ子侍（上）（下）〈レジェンド歴史時代小説〉
城山三郎　この命、何をあくせく
城山三郎　黄金峡
城山三郎／平岩外四　人生に二度読む本
城山三郎／高山文彦　日本人への遺言
白石一郎　庖丁ざむらい〈レジェンド歴史時代小説〉〈十時半睡事件帖〉
志茂田景樹　南海の首領クニマツ
志水辰夫　負け犬
島田荘司　殺人ダイヤルを捜せ
島田荘司　火刑都市

島田荘司　御手洗潔の挨拶
島田荘司　御手洗潔のダンス
島田荘司　暗闇坂の人喰いの木
島田荘司　水晶のピラミッド
島田荘司　眩（めまい）暈
島田荘司　アトポス
島田荘司　異邦の騎士〈改訂完全版〉
島田荘司　御手洗潔のメロディ
島田荘司　Ｐの密室
島田荘司　ネジ式ザゼツキー
島田荘司　都市のトパーズ2007
島田荘司　21世紀本格宣言
島田荘司　帝都衛星軌道
島田荘司　ＵＦＯ大通り
島田荘司　リベルタスの寓話
島田荘司　透明人間の納屋
島田荘司　占星術殺人事件〈改訂完全版〉
島田荘司　斜め屋敷の犯罪〈改訂完全版〉
島田荘司　星《せい》籠《ろ》の海（上）（下）

島田荘司　屋　上
島田荘司　名探偵傑作短篇集　御手洗潔篇
清水義範　蕎麦《そば》ときしめん
清水義範　国語入試問題必勝法
清水義範　愛と日本語の惑乱
清水義範　西原理恵子・え　独断流「読書」必勝法
椎名　誠　にっぽん・海風魚旅〈怪し火さすらい編〉
椎名　誠　〈にっぽん・海風魚旅3〉小魚びゅんびゅん荒波編
椎名　誠　〈にっぽん・海風魚旅4〉大漁旗ぶるぶる乱風編
椎名　誠　〈にっぽん・海風魚旅5〉南シナ海ドラゴン編
椎名　誠　もう少しむこうの空の下へ
椎名　誠　モ　ヤ　シ
椎名　誠　アメンボ号の冒険
椎名　誠　風のまつり
椎名　誠　ニッポンありやまあお祭り紀行〈春夏編〉
椎名　誠　ニッポンありやまあお祭り紀行〈秋冬編〉
椎名　誠　新宿遊牧民
椎名　誠　ナ　マ　コ
椎名　誠　埠頭三角暗闇市場

うえやまとち　漫画　東海林さだお　編　東海林さだお選「クッキングパパ」のこれが食べたい！
島田雅彦　悪　貨
島田雅彦　虚人の星
真保裕一　連　鎖
真保裕一　取　引
真保裕一　震　源
真保裕一　盗　聴
真保裕一　朽ちた樹々の枝の下で
真保裕一　奪　取(上)(下)
真保裕一　防　壁
真保裕一　密　告
真保裕一　黄金の島(上)(下)
真保裕一　発火点
真保裕一　夢の工房
真保裕一　灰色の北壁
真保裕一　覇王の番人(上)(下)
真保裕一　デパートへ行こう！
真保裕一　アマルフィ〈外交官シリーズ〉
真保裕一　ダイスをころがせ！(上)(下)

真保裕一　天魔ゆく空(上)(下)
真保裕一　ローカル線で行こう！
真保裕一　遊園地に行こう！
篠田節子　弥　勒
篠田節子　転　生
篠田真由美　未明の家〈建築探偵桜井京介の事件簿〉
篠田真由美　玄《くろ》い女神〈建築探偵桜井京介の事件簿〉
篠田真由美　翡《ひ》翠《すい》の城〈建築探偵桜井京介の事件簿〉
篠田真由美　灰色の砦〈建築探偵桜井京介の事件簿〉
篠田真由美　原罪の庭〈建築探偵桜井京介の事件簿〉
篠田真由美　美貌の帳《とばり》〈建築探偵桜井京介の事件簿〉
篠田真由美　桜　闇〈建築探偵桜井京介の事件簿〉
篠田真由美　仮面の島〈建築探偵桜井京介の事件簿〉
篠田真由美　センティメンタル・ブルー〈蒼の四つの冒険〉
篠田真由美　月蝕の窓〈建築探偵桜井京介の事件簿〉
篠田真由美　失楽の街〈建築探偵桜井京介の事件簿〉
篠田真由美　胡蝶の鏡〈建築探偵桜井京介の事件簿〉
篠田真由美　聖女の塔〈建築探偵桜井京介の事件簿〉

杉本章子　大奥二人道成寺〈お狂言師歌吉うきよ暦〉
杉本章子　精姫《あきひめ》様一条〈お狂言師歌吉うきよ暦〉
杉山文野　ダブルハッピネス
諏訪哲史　アサッテの人
諏訪哲史　ロンバルディア遠景
末浦広海　捜査官
須藤靖貴　抱きしめたい
須藤靖貴　池波正太郎を歩く
須藤靖貴　どまんなか(1)
須藤靖貴　どまんなか(2)
須藤靖貴　どまんなか(3)
須藤靖貴　おれ、力士になる
鈴木仁志　司法占領
菅野雪虫　天山の巫女《みこ》ソニン(1) 黄金の燕
菅野雪虫　天山の巫女《みこ》ソニン(2) 海の孔雀
菅野雪虫　天山の巫女《みこ》ソニン(3) 朱鳥《あけがらす》の星
菅野雪虫　天山の巫女《みこ》ソニン(4) 夢の白鷺
菅野雪虫　天山の巫女《みこ》ソニン(5) 大地の翼
鈴木大介　ギャングース・ファイル〈家のない少年たち〉

鈴木みき　日帰り登山のススメ〈あした、山へ行こう！〉
瀬戸内寂聴　新寂庵説法 愛なくば
瀬戸内寂聴　人が好き［私の履歴書］
瀬戸内寂聴　白道
瀬戸内寂聴　寂聴相談室人生道しるべ
瀬戸内寂聴　瀬戸内寂聴の源氏物語
瀬戸内寂聴　愛する能力
瀬戸内寂聴　藤壺
瀬戸内寂聴　生きることは愛すること
瀬戸内寂聴　寂聴と読む源氏物語
瀬戸内寂聴　月の輪草子
瀬戸内寂聴　新装版 寂庵説法
瀬戸内寂聴　死に支度
瀬戸内寂聴　新装版 蜜と毒
瀬戸内寂聴　新装版 花《か》怨《えん》
瀬戸内寂聴　新装版 祇園《ぎおん》女御《にょうご》(上)(下)
瀬戸内寂聴　新装版 かの子撩乱
瀬戸内寂聴　新装版 京まんだら(上)(下)
瀬戸内寂聴・訳　源氏物語 巻《まき》一《いち》

瀬戸内寂聴・訳　源氏物語 巻《まき》二《に》
瀬戸内寂聴・訳　源氏物語 巻《まき》三《さん》
瀬戸内寂聴・訳　源氏物語 巻《まき》四《し》
瀬戸内寂聴・訳　源氏物語 巻《まき》五《ご》
瀬戸内寂聴・訳　源氏物語 巻《まき》六《ろく》
瀬戸内寂聴・訳　源氏物語 巻《まき》七《しち》
瀬戸内寂聴・訳　源氏物語 巻《まき》八《はち》
瀬戸内寂聴・訳　源氏物語 巻《まき》九《く》
瀬戸内寂聴・訳　源氏物語 巻《まき》十《じゅう》
関川夏央　子規、最後の八年
先崎学　先崎学の実況！盤外戦
妹尾河童　少年H(上)(下)
妹尾河童　河童が覗いたインド
妹尾河童　河童が覗いたヨーロッパ
妹尾河童　河童が覗いたニッポン
妹尾河童 野坂昭如　少年Hと少年A
瀬尾まいこ　幸福な食卓
関原健夫　がん六回 人生全快
瀬川晶司　泣き虫しょったんの奇跡 完全版〈サラリーマンから将棋のプロへ〉

講談社文庫　目録

瀬名秀明　月と太陽
仙川　環《たまき》　幸福の劇薬〈医者探偵・宇賀神晃〉
瀬木比呂志　黒い巨塔〈最高裁判所〉
瀬那和章　今日も君は、約束の旅に出る
曽野綾子　透明な歳月の光
曽野綾子　新装版 無名碑 (上)(下)
三浦朱門・曽野綾子　夫婦のルール
蘇部健一　六枚のとんかつ
蘇部健一　六とん2
蘇部健一　届かぬ想い
曽根圭介　沈底魚
曽根圭介　本ボシ
曽根圭介　藁《わら》にもすがる獣たち
曽根圭介　TATSUMAKI〈特命捜査対策室7係〉
zopp　ソングス・アンド・リリックス
田辺聖子　川柳でんでん太鼓
田辺聖子　おかあさん疲れたよ (上)(下)
田辺聖子　ひねくれ一茶
田辺聖子　愛の幻滅 (上)(下)
田辺聖子　うたかた
田辺聖子　春情蛸の足
田辺聖子　蝶花嬉遊図
田辺聖子　言い寄る
田辺聖子　私的生活
田辺聖子　苺をつぶしながら
田辺聖子　不機嫌な恋人
田辺聖子　女の日時計
谷川俊太郎訳 和田誠絵　マザー・グース 全四冊
立花　隆　中核vs革マル (上)(下)
立花　隆　日本共産党の研究 全三冊
立花　隆　青春漂流
立花　隆　生、死、神秘体験
滝口康彦　粟田口の狂女〈レジェンド歴史時代小説〉
高杉　良　労働貴族
高杉　良　広報室沈黙す (上)(下)
高杉　良　炎の経営者 (上)(下)
高杉　良　小説日本興業銀行 全五冊
高杉　良　社長の器
高杉　良　その人事に異議あり〈女性広報主任のジレンマ〉
高杉　良　人事権！
高杉　良　小説 消費者金融〈クレジット社会の罠〉
高杉　良　小説 新巨大証券 (上)(下)
高杉　良　局長罷免-小説通産省
高杉　良　首魁《しゅかい》の宴《うたげ》〈政官財腐敗の構図〉
高杉　良　指名解雇
高杉　良　燃ゆるとき
高杉　良　挑戦つきることなし〈小説ヤマト運輸〉
高杉　良　銀行大合併〈短編小説全集(上)〉
高杉　良　エリートの反乱〈短編小説全集(中)〉
高杉　良　金融腐蝕列島 (上)(下)
高杉　良　銀行大統合〈小説みずほFG〉
高杉　良　勇気凜々
高杉　良　混沌《こんとん》 新・金融腐蝕列島 (上)(下)
高杉　良　乱気流 (上)(下)
高杉　良　小説 会社再建
高杉　良　小説 ザ・ゼネコン
高杉　良　新装版 懲戒解雇

高田崇史　試験に敗けない密室〈千葉千波の事件日記〉
高田崇史　試験に出ないパズル〈千葉千波の事件日記〉
高田崇史　パズル自由自在〈千葉千波の事件日記〉
高田崇史　化けて出る〈千葉千波の怪奇日記〉
高田崇史　麿の酩酊事件簿〈花に舞〉
高田崇史　麿の酩酊事件簿〈月に酔〉
高田崇史　クリスマス緊急指令〈～きよしこの夜、事件は起こる！～〉
高田崇史　カンナ　飛鳥の光臨
高田崇史　カンナ　天草の神兵
高田崇史　カンナ　吉野の暗闘
高田崇史　カンナ　奥州の覇者
高田崇史　カンナ　戸隠の殺皆
高田崇史　カンナ　鎌倉の血陣
高田崇史　カンナ　天満の葬列
高田崇史　カンナ　出雲の顕在
高田崇史　カンナ　京都の霊前
高田崇史　鬼神伝　鬼の巻
高田崇史　鬼神伝　神の巻
高田崇史　鬼神伝　龍の巻

高田崇史　軍神の血脈〈楠木正成秘伝〉
高田崇史　神の時空《とき》　鎌倉の地龍
高田崇史　神の時空　倭《やまと》の水霊
高田崇史　神の時空　貴船の沢鬼
高田崇史　神の時空　三輪《みわ》の山祇《やまつみ》
高田崇史　神の時空　嚴島《いつくしま》の烈風
高田崇史　神の時空　伏見稲荷の轟雷
高田崇史　神の時空　五色不動の猛火
竹内玲子　永遠に生きる犬〈ニューヨーク　チョビ物語〉
団　鬼六　悦楽王〈鬼プロ繁盛記〉
高野和明　13　階　段
高野和明　グレイヴディッガー
高野和明　K・Nの悲劇
高野和明　6時間後に君は死ぬ
高里椎奈　銀の檻を溶かして〈薬屋探偵妖綺談〉
高里椎奈　遠《とお》に呱々《ここ》泣く八重の繭《まゆ》〈薬屋探偵怪奇譚〉
高里椎奈　童話を失くした明時《あかとき》に〈薬屋探偵怪奇譚〉
高里椎奈　来鳴《きな》く木菟《みみずく》日《ひ》知《し》り月《つき》〈薬屋探偵怪奇譚〉
高里椎奈　星空を願った狼の〈薬屋探偵怪奇譚〉

高里椎奈　雰囲気探偵　鬼鶫《きのつぐみ》航《わたる》
大道珠貴　ショッキングピンク
高橋和女　流　棋　士
高木　徹　戦争広告代理店《ドキュメント》〈情報操作とボスニア紛争〉
たつみや章　ぼくの・稲荷山戦記
たつみや章　夜　の　神　話
武田葉月　横　　綱
高嶋哲夫　メルトダウン
高嶋哲夫　命の遺伝子
高嶋哲夫　首　都　感　染
高野秀行　西南シルクロードは密林に消える
高野秀行　怪　獣　記
高野秀行　アジア未知動物紀行〈ベトナム・奄美・アフガニスタン〉
高野秀行　イスラム飲酒紀行
高野秀行　移　民　の　宴〈日本に移り住んだ外国人の不思議な食生活〉
高野秀行・角幡唯介　地図のない場所で眠りたい
田牧大和　花　合　せ〈濱次お役者双六〉
田牧大和　質　草　破　り〈濱次お役者双六　二ます目〉
田牧大和　翔　ぶ　梅〈濱次お役者双六　三ます目〉

田牧大和　半可心中〈濱次お役者双六〉
田牧大和　長屋狂言〈濱次お役者双六〉
田牧大和　錠前破り、銀太
田牧大和　錠前破り、銀太 紅蜆《べにしじみ》
田牧大和　錠前破り、銀太 首魁《しゅかい》
田丸公美子　シモネッタの本能三昧イタリア紀行
田丸公美子　シモネッタのどこまでいっても男と女
竹内明　秘匿捜査〈警視庁公安部スパイハンターの真実〉
高殿円　カーリー〈I. 黄金の尖塔の国とあひると小公女〉
高殿円　カーリー〈II. 二十一発の祝砲とプリンセスの休日〉
高殿円　カーリー〈III. 孵化《ふか》する恋と帝国の終焉〉
高殿円　メサイア〈警備局特別公安五係〉
高野史緒　カント・アンジェリコ
高野史緒　カラマーゾフの妹
瀧本哲史　僕は君たちに武器を配りたい〈エッセンシャル版〉
竹吉優輔　襲名犯
竹吉優輔　レミングスの夏
高田大介　図書館の魔女 第一巻 第二巻
高田大介　図書館の魔女 第三巻 第四巻
高田大介　図書館の魔女 烏《からす》の伝言《つてこと》(上)(下)
大門剛明　反撃のスイッチ
大門剛明　完全無罪
大門剛明　死刑評決〈「完全無罪」シリーズ〉
橘もも　OVER DRIVE《オーバードライブ》
橘もも 著　沖田×華 原作　安達奈緒子 脚本　小説 透明なゆりかご(上)(下)
滝口悠生　愛と人生
高山文彦　ふたり〈皇后美智子と石牟礼道子〉
瀧羽麻子　サンティアゴの東 渋谷の西
高橋弘希　日曜日の人々《サンデー・ピープル》
陳舜臣　中国五千年(上)(下)
陳舜臣　中国の歴史全七冊
陳舜臣　小説十八史略全六冊
陳舜臣　新装版 阿片戦争全四冊
陳舜臣　琉球の風(上)(下)〈レジェンド歴史時代小説〉
千早茜　森の家
千野隆司　大店の暖簾《のれん》〈下り酒一番〉
千野隆司　分家の始末〈下り酒一番(二)〉
千野隆司　献上の祝酒〈下り酒一番(三)〉
知野《ちの》みさき　江戸は浅草
知野みさき　江戸は浅草2〈盗人探し〉
崔《チェ》実《シル》　ジニのパズル
筒井康隆　創作の極意と掟
筒井康隆　読書の極意と掟
筒井康隆 ほか12名　名探偵登場！
津島佑子　黄金の夢の歌
津村節子　遍路みち
津村節子　三陸の海
津本陽　真田忍俠記(上)(下)
津本陽　本能寺の変
津本陽　武蔵と五輪書
津本陽　幕末御用盗
塚本青史　呂后
塚本青史　王莽
塚本青史　光武帝(上)(中)(下)
塚本青史　張騫
塚本青史　凱《がい》歌《か》の後《のち》
塚本青史　始皇帝

講談社文庫　目録

2019年12月15日現在